No Apoyo La Violencia

BUSCO LA JUSTICIA

Andrea Flores

PAGE PUBLISHING, INC.
Conneaut Lake, PA

Primera publicación original de Page Publishing 2021

ISBN 978-1-66249-044-6 (Versión Impresa)
ISBN 978-1-66249-062-0 (Versión Electrónica)

Libro impreso en Los Estados Unidos de América

A todas las personas que hayan pasado, o estén pasando, por violencia doméstica. En especial para las mujeres y niños que, al caer en esta clase de actos violentos, piensan que no tienen salida, que se les hace difícil o se les cierra el mundo y no saben cómo salir de las manos del abusador. Quiero que piensen y sepan que no están solos y que juntos, con las manos unidas, lograremos vencer y salir triunfantes para enfrentar cualquier abuso. Solo confía en tu potencial como ser humano.

ENTRE MAS MANOS UNAMOS, MAS FUERZA GENERAMOS PARA PARAR LA VIOLENCIA DOMESTICA.

El hacer este libro fue con la finalidad de ayudar a las personas a que se defiendan y pierdan el miedo. Empoderar a las mujeres para que puedan hablar; y que por medio de su experiencia servir a otros para enriquecerse y vean que son valiosos; que puedan encontrar la paz y empoderarse para recuperar ese potencial, fuerza y talento. Que por medio del abuso mucha gente pierde, hasta sus valores como ser humano. Andrea espera que con su testimonio, pueda sembrar un rayito de luz y esperanza en medio de la oscuridad en la que caen las personas en situaciones de abuso. Además, animarles a salir de las manos del abusador y puedan unirse a parar con este tipo de depravados y hacer la unión para hacer la diferencia.

Negativo

El ser negativo es aquella persona que ve lo malo, lo irremediable y lo imposible en cualquier acontecimiento, y para todo estar poniendo contra y limitarse a resultados buenos que sean de nuestro agrado, sin antes intentar a lograr algo positivo. O también, estar pronosticando cosas malas, cuando uno tiene un plan y pensar no lo haré, no podré, y aparte no sirvo para eso; y si me roban, si me critican, si no paso la prueba, si me corren, si no me escuchan, si me ignoran, si me equivoco, no van a creer en mí, se reirán de mí, no tendré el apoyo que necesito, seré el ridículo y la comidilla de todos, etc. El ser negativo es una persona insegura, con la autoestima muy bajo y no tener el valor de arriesgarse ni si quiera para su propia felicidad y darse por vencido sin antes intentar dar el primer paso.

El ser negativos nos trae amargura, desanimo, soledad, enfermedades, pobreza y no tener fe en que todo se puede lograr, y nos puede provocar a refugiarnos en cosas que solo nos dejaran vacío, desánimo y a orillarnos a no descubrir el potencial y nunca darnos cuenta que si lo intentamos, podemos lograr cosas increíbles. Lo negativo nos impide tomar acción de poner en marcha cualquier plan, proyecto o idea. Ya estamos declarando algo en contra, y aun sabiendo que es por nuestro bien, ni siquiera luchamos por dejar que lo negativo sea más fuerte que nuestros propios sueños, y nos defraudarnos nosotros mismos con nuestra manera de pensar; y sin ni siquiera nos damos cuenta, acabamos con nuestros propios sueños por darle rienda suelta a lo negativo, alimentar más la negatividad y no pensar un poquito en lo positivo.

Tuve una experiencia: yo, de todo lo que me rodeaba, me quejaba. De mi trabajo, escuela, amistades, de que todo lo que hacía que me salía mal, de mis jefes que me trataban mal y aunque no quería estar en ese trabajo, no hacía nada para dejarlo por no tener el carácter, pensar positivamente y darme cuenta que podría tener un mejor empleo y en algo que me gustara; y porque no, tener hasta mi propio negocio y cambiar la manera de pensar y decir;: "si trabajo el cien por ciento para una persona, porque no trabajar igual para algo que sea mío y no estar bajo las órdenes de nadie". Pero al ser negativa y rodeada de amistades negativas, jamás vería la posibilidad de pensar diferente y ser más optimista.

El permitir que lo negativo te domine, y en ocasiones ni cuenta te das, es que te estas dirigiendo al fracaso. Pero mi otro yo, o esa vocecita que te habla suavecito al oído, me decía: "has un cambio, salte de ese círculo". Pero la otra voz negativa no me dejaba, como si fuera una persona que estuviera a mi lado jalándome y que no me permitía dejar de pensar algo mejor, y hacer un cambio de lo negativo, era una lucha fuerte entre la vocecita negativa y la vocecita positiva. Aunque era más fuerte la negativa, y más fácil de elegir para mi comodidad que la positiva. Una de las cosas erróneas que hice fue pedir opiniones a personas que me empezaron a meter dudas, inseguridad y miedos diciéndome cosas como: "Estás loca; ¿que te pasa?; ubícate; si te sales no encontrarás algo mejor que este trabajo que ya tienes; el volver a empezar; el pago no será igual; a lo mejor será más bajo que este que ya tienes; mejor aguántate y sigue aquí, no queda de otra; aunque no te guste y te traten mal, déjate de tonterías; hay otros que quisieran tener trabajo y más el que tú tienes y ya lo quieres dejar; no te salgas porque te puedes arrepentir". Y me aplicaron un dicho.

Recuerda lo que dicen por ahí. "Más vale malo conocido que bueno por conocer". Y en medio de la negatividad que me tenía muy apoderada, no me decidía a dejar ese trabajo; y por el miedo y falta de seguridad en mí misma, pasé un año y medio sufriendo y soportando un jefe racista, arrogante, prepotente, que me tenía aterrada, que me hacía sentir como si estuviera en una cárcel. Lo peor era que me indignaba que alguien más disponía de mi tiempo y diciéndome lo que yo tenía que hacer, y haciéndome una persona diferente por la presión y el estrés que me generaban por el maltrato. Siempre andaba triste, enojada, muy desanimada y sin ilusiones, con la autoestima por los suelos.

Era una impotencia rabiosa que nunca tenía satisfecho a mi jefe, con todo lo que desempeñaba. Me encantaba mi trabajo y siempre hacía lo más que podía. Y no era el trabajo lo que no me gustaba, porque amaba lo que hacía, aunque era un poco traumático y tenía que tener bien firme mis reacciones y sentimientos con la sangre fría, porque, cada día veía los cuerpos de toda magnitud: niños, jóvenes y ancianos, que me tocaba atender. Unos completos e incompletos, en diferentes descomposiciones, y lo que veía no era fácil. Era muy fuerte trabajar ahí como asistente de médico forense, pero me encantaba mi trabajo. No eran las personas sin vida las que me aterraban, si no los malos tratos que los patrones me daban; me tenían como una esclava 10 horas metida ahí. Era como un infierno del que no veía como salir. Era más traumático soportar a los jefes que ver a un muerto hecho pedacitos y sin cabeza.

Por no tener la actitud, tomar acción y dejar ese trabajo que me estaba enfermando, estaba permitiendo que me trataran mal cada día más, y no valoraban mi trabajo. Ellos abusaban de mí, trabajando tanto y nunca era suficiente lo que yo hacía, y aunque yo hiciera lo posible por hacer más de lo que me correspondía para que no me fueran a decir algo que me lastimaran, o ganármelos, aunque fuera un poco y cambiaran su actitud conmigo y fueran más gentiles, era hasta contraproducente y se generaban más conflictos en vez de arreglar la situación. Mi jefe y su esposa se sentían con derecho en mí. En ocasiones me atemorizaban para que yo no renunciara al trabajo como si fuera un deber de quedarme siempre con ellos, como si fuera el único trabajo que hubiera en el mundo. Me maltrataban y me manipulaban como si fuera pertenencia de ellos.

VALOR PARA ENFRENTAR LA SITUACIÓN

Un día me dije que esa no era vida para mí, y que yo no dependía de ellos, que estaban acabando con mis sueños y que yo podía hacer algo mucho mejor y no tener tanta presión y estrés, tener más tiempo para mí y sobre todo, más tranquilidad para mi persona. Agarré valor y decidí renunciar antes que ellos un día me corrieran a mí. Les dije que ya no trabajaría más, que tenía una emergencia, claro que tuve que decir eso porque ya había intentado en otras ocasiones renunciar y no me dejaron, y todo me querían solucionar para que no dejara el trabajo. Obvio me inventé un buen pretexto muy dramático, porque sabía que no iba a ser fácil que me dejaran ir, y si les decía que me iba porque ya me tenían harta, pues obvio los iba a hacer enojar y ocasionar un gran conflicto, y no iban a reconocer jamás que eran unos jefes abusivos, prepotentes y controladores. Lógicamente no les iba a decir eso.

Les cayó de sorpresa y no aceptaban mi renuncia, pensaban que yo me estaría ahí hasta que ellos decidieran, e incluso, como no querían que me fuera, hasta me aumentaron el sueldo y me dieron más beneficios, pero aun así, ya no hubo un motivo tentador que me detuviera y siguiera un segundo más ahí en ese trabajo. Susurré entre mis muertos: "Donde quiera se encuentra, puedo trabajar donde sea".

Ya había tomado la decisión de dejar el trabajo que me tenía atormentada. Tampoco no era por lo que me pagaban, porque me pagaban muy bien y, aun si me ofrecían pagarme 1.500 o 2.500 dólares, a la semana o 100 dólares por hora, yo no regresaba a trabajar más con ellos. Después de dejar ese trabajo, en cuanto salí de ahí me sentí tan liviana, aliviada, como un pajarito recién salido de una jaula, con una gran felicidad y gozo, que no me cabía en el pecho, ya me sentía libre.

Inmediatamente me fui a casa de mis padres a contarles que estaría solo para ellos, no una semana, sino unos 8 meses o un año para disfrutarlos a lo máximo; las mañanas, las tardes y las noches, con los seres que amaba. A diario agradecía a esa vocecita que venía del cielo, por haberme motivado a renunciar a ese trabajo. Fue lo mejor que pude haber hecho, salirme de la cuna de lobos, porque me trabajaban 10 a 13 horas, de lunes a viernes, matada en vida, humillada y dependiendo de alguien que controlaba mi tiempo, hasta para comer e ir al baño. Actualmente tengo planes de abrir un negocio en el cual no tenga que depender de un jefe.

Ahora, aprovecho cada momento con mi familia, amistades y tengo más paz, tranquilidad y tiempo para gozar de todo lo que Dios me da cada día. Viajo cuando quiero, sin tener que pedir permiso; como a cualquier hora, duermo y voy al baño cuando lo necesito, y no le tengo que pedir permiso ni a un jefe, ni a nadie. Pedí a Dios por esta tranquilidad, para estar más tiempo con mi familia y sí, me lo concedió. En la biblia dice: "Toca y se te abrirá, pide y se te dará". Todo lo que pidas en fe se te dará. Dios quiere riquezas para nosotros y dice: "Todo lo que pidas, se te dará", no solo algunas cosas; así que no te limites en pedir porque Dios tiene grandes riquezas para cada uno de sus hijos.

SUGERENCIAS Y CONSEJOS

Si tú estás pasando por una situación así, no dejes que nadie decida por ti. Busca ayuda con personas adecuadas que te puedan guiar y ayudar a salir adelante, y que sean mejor que tú, porque al no desahogarnos con la persona adecuada seguiremos en el mismo círculo, y nos hundirá más si no son personas más preparadas que tú. A veces, algunas malas amistades y familiares son los que no te dejan que veas más adelante y no te dejan crecer. La envidia de que tu tengas algo mejor que ellos no pueden lograr y aunque sepan y vean que tú si puedes, quieren patear tus ilusiones diciéndote cosas negativas que te pueden llegar a desilusionar.

Pero alguien que si te quiere siempre te apoyará. No quiere decir que todos son negativos, por eso hay que escoger a quien le contamos nuestros sueños, porque aun siendo tu mamá, papá, hermano, abuelo o tu mejor amigo, te desanimará, y no quiere decir que no te quiera, pero si ellos no triunfan, tampoco querrán que tú seas un triunfador. Duele más que un familiar te desanime y quizás quieran que sigamos atados a lo negativo y mediocridad, quizás para toda la vida. Por eso elijamos bien a qué ser humano le contamos, y por ser así y no orientarnos adecuadamente, y pensar positivo, nunca lograremos descubrir cuanto potencial tenemos y que podemos lograr grandes cosas maravillosas, que podemos cambiar a tener unas vidas de triunfo y exitosas. Habla, defiéndete y brilla.

Conformismo

El conformismo es una de las principales causas de que mucha gente está viviendo una vida que no le gusta ni quiere vivir. Algunas personas aceptan situaciones incomodas o condiciones a vivir cómodamente, sin esforzarse por nada, ni para tener una mejor vida y hacer las cosas por sí mismos. Se les hace difícil, e imposible mentalmente, hacer un cambio para una mejor manera de vivir, se conforman a una vida mediocre con las carencias y circunstancias, y hasta decir: "Esta es la vida que me tocó y me tengo que conformar, y así voy a vivir hasta que me muera"; o decir: "Es lo que dios me dio, y es lo que merezco y me toca", no sabiendo que Dios nos da todo y en abundancia. Pero, aunque no te guste la vida que tienes, no eres capaz de caminar un poco más adelante para ver que puedes experimentar y lograr nuevas cosas de las que solo tú te puedes proponer. Echar a andar en tu imaginación, despertar todas tus energías y talentos que tienes dormidos y apagados.

Por ejemplo, no te gusta la casa y el lugar donde vives, pero te conformas porque tus limitados pensamientos no te ayudan a ver más allá, que puedes encontrar algo mejor. Otro ejemplo palpable, en una pareja de noviazgo o matrimonio. No te gusta la relación de tu pareja porque no te da la vida que quieres y te mereces. Te conformas porque piensas que no hay más que acostumbrarte y que te tienes que resignar, y que es lo que Dios te puso de compañero. No Dios, tu elegiste ese compañero. Ninguna cosa tiene que ver Dios en eso.

Muchas personas siempre buscan culpables y en la mayoría siempre le echan la culpa a Dios, y que lo está castigando. Dios no es un dios castigador. Dios es un dios de amor, pero no queremos reconocer que somos nosotros mismos los que nos castigamos y nos condenamos a un conformismo por nuestros actos y decisiones. Te exhorto a que no te resignes y te conformes más. Si tu pareja te golpea y te menosprecia o por todo te humilla, debes de luchar por tu felicidad y vivir una vida de amor y sin limitaciones.

Dios quiere lo mejor para cada uno de nosotros, pero si tú no le pones ganas para salir del conformismo y no lo intentas y luchas, con todo lo que se te presente por difícil que sea para salir de ese conformismo, nadie lo hará por ti. Solo tú eres el fundador de tu propia vida, tú eres el que decide si vives tu propio cielo o infierno aquí en la tierra. Dios tiene grandes maravillas para ti, pero no te van a caer del cielo o te las van a llevar a la puerta de tu casa. Ayúdate, que él te ayudará. No te limites a saber de qué madera estas hecho, y que dones y habilidades tienes; saca a flote tus ideas y esa energía, y levántate a buscar lo imposible, y descubrirás que tienes más dones de los que nunca pensaste. Demuestra el carácter y el potencial que tienes para hacer todo lo que desees. Si quieres tener resultados diferentes, tendrás que hacer cosas que nunca has hecho. Si quieres llegar a donde la mayoría no llega, necesitas hacer lo que la mayoría no hace.

"Todo lo puedo en Cristo que me fortalece".
(Filipenses 4:13).

Decisión

Decisión es cuando determinas que hacer o no hacer, aplicar una solución y poner fin a una situación, o poner en marcha un plan. Que no te decides a hacer algo y no lo haces por flojera o falta de carácter o pena. O que decides no elaborar un buen desempeño como persona. Si no decides hacer algo, te quedarás con las ganas de saber si lograrías tus propósitos y nunca veras resultados. Cuando tengas una inquietud de hacer algo, hazlo, no te detengas ni tengas miedo, decídete a hacerlo. Nunca sabrás hasta que no lo intentes. A veces platicamos nuestros planes a personas que nos roban nuestras ideas y nos desaniman, y cuando tienes dudas y no sabes cómo realizar tus propias decisiones y no estás el cien por ciento seguro de lo que quieres hacer, muy fácilmente te desanimaras por no tener clara tu decisión. En la vida cotidiana es fácil desanimarse por muy pequeñas circunstancias, pero al tomar actitud y cuando no le cuentas a alguien que tienes una idea o que tienes un proyecto, o que quieres poner acto a la decisión, verás los resultados que pueden ser muy favorables y que querrás alcanzarlos.

Un suponer, de cuando le cuentas a alguien que vas a poner un negocio, aunque sea pequeño, como de vender palomitas, y más si a la persona que le compartes tu meta es negativo, te dirá: "Por Dios, estás loco, no lo pongas, te van a robar, fracasarás, aparte ni dinero tienes, y los medios para ponerlo tampoco, y eso no contando que nadie te dará un préstamo tan solo para que compres el material; y si te lo dan, ¿con que vas a pagar?; ¿y si pones un negocio de helados?; ¿qué harás cuando se vaya la luz?, todo se te echará a perder y lo que vas a gastar". Todo eso te hará pensar que la decisión que tomaste fue un error. Con ese tipo de asesoramiento, con personas no adecuadas, empezarás a flaquear y terminarás por no decidir realizar tus sueños.

A mí me pasó, quería poner un negocio de compra y venta de carros, le dije mi idea a mi mejor amigo, lo cual antes de decirle la idea, yo ya había vendido 5 carros para cuando le comenté. Se me ocurrió proponerle que si me ayudaba, pero su respuesta fue ¡no!, porque ese tipo de carros que tenía planeado vender estaban muy feos y nadie me los compraría, que mejor vendiera camionetas. Me sinceré y dije: "¿Cómo se le ocurrió decirme eso, si él ni siquiera ha vendido ni tan siquiera un carro ni de juguete y menos de los que yo ya estaba vendiendo?". Que irónico, pero no sé por qué me dijo eso, si por ignorancia o solo lo hizo para fastidiarme, o por coraje o celos, o tal vez solo por hablar que lo que yo le proponía, no funcionaría el negocio en carros tan feos.

Pero yo en 3 meses ya había vendido 5 y feos, así como a él le parecían. Como me da una idea que ni siquiera el sabrá si funcionará; yo le contesté: "Esta bien, no me ayudes, pues si a ti te funciona vendiendo esas camionetas, pues sigue adelante"; él contestó: "Yo solo decía porque pensé que sería mejor ese tipo de vehículos para tu negocio". Le contesté: "Yo te comenté porque a mí ya me está funcionando vender este tipo de carros y yo tomé la decisión de así seguir en mi negocio". Si no hubiera tenido bien definida mi decisión, el disque amigo con sus malos comentarios, me habría desanimado fácilmente. Eso es cuando nos desahogamos o compartimos nuestras ideas con las personas no indicadas, solo nos ayudarán al fracaso en nuestros sueños y propósitos, y te desanimarán a no realizar lo que anhelas.

En uno de esos carros compré una camioneta Cadillac Escalade 2004, comenté a mi hermana, la mayor, que la iba a vender. Llegó mi hermana a casa y yo estaba limpiando la camioneta para ir a estacionarla al lugar donde la pondría a la venta, mi hermana preguntó en cuanto la vendería y gentilmente le contesté que en $6,800. Ella se asombró y dijo que no la vendería, que estaba demasiado cara, no le contesté y seguí limpiando la camioneta. 20 minutos más tarde, me fui a poner la camioneta de venta, la puse como a las 10 de la mañana, ya para la una de la tarde me hablaron unos muchachos que les gustó la camioneta, que la querían ver y manejar, y que estaban interesados, que la quitara de ahí que ellos me la comprarían, que se las diera en pagos. Obvio, le subí más por ser en pagos, solo les pedí $100 para quitarla de la exhibición y apartárselas.

Ese día era un sábado y para el lunes me darían el enganche y haríamos un contrato para que quedara todo como es la regla de venta y compra. El sábado cuando yo regreso a casa me mira mi hermana y me dice: "¿Por qué te trajiste la camioneta, no la vendiste verdad?, ¿ya ves?, te dije que nadie te la compraría porque la vendías muy cara", me aclaró. Le contesté: "Ya no la vendo porque ya la vendí; y sí, tienes razón no la vendí en $6.800, la vendí en $8000".

Que te quiero decir con esto, que si no hubiera tomado la decisión de continuar con el plan que ya tenía en marcha y le hubiera hecho caso a mi hermana, quizás nunca hubiera vendido la camioneta, pero me decidí que nadie me puede mandar en mis propias decisiones, y que puedes hacer un cambio de impacto con tus propias ideas y planes; y la falta de decisión te puede llevar al fracaso y no saber nunca que potencial tienes, y todo lo que puedes lograr. Te recomiendo que tomes decisiones. Arriésgate. Existe un dicho: "El que no arriesga, no gana"; decídete a actuar, no importa que tan arriesgados sean tus planes, y así sabrás si se pudo o no lograr tu meta. Descartar, obedecer a que alguien te diga lo que tienes que hacer, cuando tienes tu plan bien planteado y que lo vas a hacer. El 75% de la gente no tiene decisión para realizar sus propios sueños, esperan que les caigan las cosas del cielo y se atienen a que otras personas les resuelvan hasta su propia vida.

Voluntad

Voluntad, capacidad de realizar con libertad lo que deseas y lo que no deseas. Es cuando tienes o no tienes esa fuerza a desarrollar, con intención de hacer algo y ordenar la propia conducta, como cuando no quieres hacer algo que tú sabes que debes hacerlo, y no lo quieres hacer por flojera o porque no te nace hacerlo. O no tener esa potencia que te haga brincar del hoyo en el que te encuentras. Como cuando te invitan a un proyecto que te gusta lo que te están proponiendo, pero no te motivas para hacerlo, no tienes la voluntad; o te piden un favor y te niegas a hacerlo, no tienes el amor para hacerlo. Como por ejemplo: Te piden una donación para ayudar a una familia pobre o a tu tío que está en el hospital y necesita pagar medicamentos, y te haces el sordo porque no tienes voluntad de ayudar.

Te compartiré una cosa que me pasó:

Un día una compañera de trabajo me había hecho enojar y a los pocos días, ya que se nos pasó el enojo a las dos, yo hacía pasteles para vender y ella me mandó a hacer uno para el cumpleaños de su niño. Yo en realidad no tenía la voluntad de hacerlo, ni ganas, pero no le quise decir que no por educación, o porque me vi comprometida en hacérselo, porque si no se lo hacía, ya sabía cómo me iría con sus criticas de que no quise. Cuando lo estaba haciendo, estaba renegando, recordando cuando me hizo enojar, pero ya no podía echarme para atrás, porque ya le había dicho que sí y sabía que mis pasteles le encantaban, y por compromiso lo tuve que hacer, pero sin ganas.

Al hornear el pastel y seguir el proceso tal cual como yo siempre los hacía, me quedaban deliciosos, ese me quedó crudo, algo increíble que no me había pasado. Bueno, lo tiré y fui a comprar más material para hacerle otro. Finalmente horneé otro y ese si quedo delicioso, bien cocido. Lo puse a enfriar para luego ponerle la crema, el relleno de fresa y decorarlo bonito. En lo que se enfriaba me fui a caminar, ya que pasaron 3 horas, en la noche voy a ver el pastel para empezar a decorarlo, ya que lo entregaría al otro día a las 10 de la mañana. Pero cuál fue mi sorpresa que el pastel estaba que hervía de hormigas, y los más raro, que no había ni por donde se hubieran pasado esas hormigas y menos que no era tiempo que salieran hormigas, porque era tiempo de frio y ese día estaba casi a punto de nevar. «¿Cómo y de donde salieron las hormigas?», me pregunté. Me quedé sorprendida y me dije: «Dios mío perdóname, es porque no tenía la voluntad ni el amor para hacerlo».

Volví a hacer otro y por no tener la buena voluntad me generé más trabajo, más gasto, como si hubiera hecho tres pasteles y solo hice uno. Cuando no tienes voluntad y no haces las cosas con amor, nada te saldrá bien. Es mucho más satisfactorio cuando tienes esa voluntad y te nace hacer las cosas y cuando las realizas con amor, son mucho mejor los resultados. Nunca hagas las cosas renegando ni a la fuerza.

Ignorancia

La ignorancia es mantenerte en tinieblas, como un ciego cuando no ve. Estar aislado de casi todo y lo peor, no querer salir de ella. El miedo a asumir y enfrentarte a lo que se te presente. El no leer, no preguntar, no estudiar, no creer en ti mismo, no buscar, no aventarte al ruedo y perder el miedo. Nunca saldrás de la ignorancia. En una ocasión en mi niñez, unos vecinos mayores que yo se reían de mí porque era ignorante y me lo decían sin piedad. Un día se encontraron una víbora muerta y la enterraron, yo iba pasando por ahí ya que mi mamá me había pedido que fuera a la tienda, ellos al mirarme me llamaron: "¡Oye, ven! Mira aquí está un tesoro que es para ti"; yo solo veía una montañita de arena.

Ellos me insistían que quitara la arena y que sacaría dinero, y era mucho y solo para mí. Por mi ignorancia, también mi inocencia, finalmente me convencieron y empecé a quitar la arena, y descubrí que me engañaron y era una víbora y no dinero. Se rieron de mí, pero si yo le hubiera preguntado a alguien mayor y de respeto, no se hubieran aprovechado ellos de mí. De ahí aprendí que no creería más en ellos, ni de nadie a la primera que me dijeran algo. Que siempre buscaría la opinión de un adulto o de alguien que estuviera más preparado que yo. Me sentí humillada, sentí muy feo con esa broma que me hicieron. El no investigar más allá de lo poco que conozcas, te veraz atado a lo que los demás te digan, y el no querer salir de la ignorancia por no informarte, vivirás ajeno a la realidad, y vivirás a lo que te digan.

Violencia Doméstica

La violencia la puedes estar viviendo y ni cuenta te das. No es nada más cuando alguien te agrede físicamente, puedes estar pasando violencia en toda tu vida y no salir de ella nunca. Existe violencia física, verbal, emocional, controladora, laboral, sexual y económica. No tienes que pasar solo esto en tu pareja, matrimonio o noviazgo; también la puedes pasar en la sociedad, trabajos, familiares, amigos, vecinos, desconocidos, iglesias y escuelas. Pasa en personas vulnerables, inocentes, sumisas, débiles y con personas que tienen poca autoridad y baja la autoestima, o que en esos momentos que enfrentaron al abusador, están pasando por graves problemas; quizás una decepción, discapacidad o enfermedad, que es cuando el depravador aprovecha de la debilidad de la víctima para cometer su propósito y tenerla en su poder. En algunos casos así sucede.

MIEDO EN LA VIOLENCIA

El miedo es una perturbación de ánimo que causa angustia, desesperación y te hace temer por cosas imaginarias y reales, que pueden ser insignificantes en algunos casos. También el miedo es el peor enemigo que puedes aceptar que entre en tu mente, cuerpo, alma y corazón; cuando le abriste la puerta al miedo y permitiste que se apodere de tu persona, es muy peligroso porque te orilla a muchas cosas de las cuales te quitan poder y te conviertes en una persona débil, sin carácter y cobarde, con temores imaginarios que te hacen ver cosas que tal vez ni existan y que te encaminan a hacer cosas que te pueden sacar de control y caigas en un shock de terror o pánico, y te provoque llegar a intentar quitarte la vida, como fue en un caso que yo viví.

CAER EN UNA TRAMPA DE VIOLENCIA DOMESTICA

En el 2014 yo quise quitarme la vida a causa la violencia que me atemorizó y me hizo caer en un shock de pánico, y no fue tanto físico, pero si verbal. En marzo de ese año empecé a tratar a un muchacho que me caía bien y éramos muy amigos, pero empecé a tratarlo más y a salir con el que para conocerlo más y tener una relación de novios más adelante, y aunque no me agradaba mucho la idea de tener ese noviazgo porque no era lo que yo quería, ya que él no reunía todos los requisitos para una buena relación como me hubiera gustado tener. Así cedí y lo empecé a tratar, fue tal vez porque me sentía sola y en ese momento estaba pasando por dificultades en la Universidad.

Di marcha a tener esa relación para distraerme, me dije: «A lo menos tendré a quien contarle mis cosas y salir de vez en cuando, a lo menos tener temas diferente que me harán olvidar las humillaciones que pasaba en las clases», porque era la que más bajas calificaciones tenía y aparte que me humillaban por ser latina. Al paso de los días y el convivir con él, finalmente acepté ser su novia, pero la relación no duro mucho.

En dos meses terminé con él porque rápido empezó a tratarme mal verbalmente. Siempre trataba de humillarme por la más mínima cosa, todo le molestaba de mí, solo se portaba como un ángel cuando le convenía, más cuando necesitaba un favor. Yo para entonces trabajaba en el Medical Center de la ciudad de Dallas, Texas, como N.M.A. (Nurse Medication Aid). Él no era independiente, dependía mucho de sus padres, pero quise tratarlo porque me caía bien y todo empezó porque él me pedía consejos ya que él decía que estaba pasando por muchos problemas y que quería cambiar, que yo le ayudara a conectarlo con alguien en la iglesia, que quería ir al grupo de jóvenes para que oraran por él. Pero él vivía a dos horas de Dallas, algo que a mí se me dificultaba en esa relación de dos meses, solo lo mire en tres ocasiones y no le di la oportunidad, porque me gustara o estuviera completamente enamorada de él.

"Lo intentaré —susurré—, además, tengo muchos años que no tengo novio vamos a ver qué pasa con este chico, no es muy guapo pero tampoco feo, si lo educo y le ayudo se verá mejor, aparte es chistoso y me cae bien y quizás por algo se cruzó en mi camino y siendo su novia lo ayudare más a salir de sus problemas, y por medio de mí conozca y aprenda el amor de Dios y vea la vida de diferente manera. Lo educaré…" Su educación era demasiado raquítica, pero se veía humilde y en todo me obedecía.

En una de mis visitas a mis padres, al pueblo donde él también vivía, llegaron él y su mamá a casa, y mi sagrada madre muy amable los invitó a pasar al comedor ya que en esos momentos estábamos comiendo. Mi familia los quería y ayudaban mucho. En el transcurso de la comida, la mamá de él empezó a llorar y nos contó que la estaba pasando muy mal con su familia, que su otro hijo le había quitado la "comenta" a mi ex. Que se habían peleado y que ya no iba a tener carro su adorado hijo, que la camioneta que el traía no era de él, era del hermano, y que se quedaría sin vehículo, y que yo como tenía buen crédito que si les podía ayudar a conseguir y a sacar un carro. Lo pensé mucho por lo mismo que sé que mucha gente es abusiva. La mamá, que según me adoraba y me pidió de favor con lágrimas en sus ojos, suplicándome que le ayudara a su hijo porque andaba de *ride* y necesitaba urgente un carro para ir al trabajo; con tan conmovedora escena de la señora llorando, me convenció. Lo hice también porque dije: "si yo tuviera esa necesidad, también me gustaría que alguien me ayudara".

La señora cuando le dije que sí, me quería adorar hasta los pies, abrazándome y besándome como Judas beso a Jesús. Ella prometió que serían puntuales en los pagos y que me agradecerían toda la vida por ese favor, que yo era un ángel de Dios muy bueno. Como eran muy amigos de mi familia, pues confié en ellos, de buena voluntad les ayudé y finalmente fuimos a la agencia. Increíblemente en menos de 30 minutos arreglamos todo como si ya nos hubieran escogido el carro que queríamos y solo ir a levantarlo. Eso sí me pareció muy extraño, todo se puso tan facilito, no me pusieron ningún pero. Había tardado más en mis propios carros con los tramites de compra que ese día, que no era el vehículo para mí. La primera camioneta que nos mostraron les gustó, y aparte era buena, bonita y barata, algo como un milagro. Él salió muy contento con camioneta nueva, dijo: "Esto que has hecho por mí, Andrea, te lo agradeceré siempre"; hasta dijo: "Te amo", algo que era extraño porque él nunca me decía esas palabras. En fin, no le tomé atención. Eso fue la primera semana del mes de mayo.

MALA DECISIÓN

Fue una de las peores decisiones que había hecho en toda mi vida porque, no solo les di mi firma, si no también les presté para el enganche y le pudieran dar la camioneta que ellos querían. A la semana de eso, empezó a portarse muy agresivo conmigo, me faltaba mucho el respeto, me gritaba, me humillaba y hasta me maldecía. Decía que yo era una loca, que estaba fea y que me creía mucho ya porque ponía inyecciones y daba pastillas para un dolor de cabeza, me sentía la gran doctora del mundo y que porque hablaba dos palabras en inglés me sentía la dueña de Estados Unidos, que ni que valiera tanto.

Decidí dejarlo porque no iba a soportar un insulto más. Lo corte por completo, eso no era saludable ni lo que yo quería para mí. No volví a tener comunicación con él, lo bloqueé. Aparte ya me había sido infiel. En dos ocasiones él para justificar su infidelidad, decía que él era hombre y que ellas lo buscaban: "A quien le dan pan que llore, el niño risueño y le hacen cosquillas", decía él descaradamente. Aparte "ellas le daban lo que yo no le daba", que yo "era más fría que un hielo". De mojigata no me bajaba. Para él "a mí no me corría sangre por las venas, que ninguna mujer se le resistía, que yo tenía la sangre congelada y que si llegaba alguien a ponerse en charola de plata y con la sangre calientita, porque iba a dejar ir la que le daba lo que el necesitaba como hombre".

Eso me lastimaba, pero nunca le demostré que me afectaba prefería hacerme la disimulada con ganas de decirle tanta cosa porque ya me había apartado con tanta humillación, pero decidí no decir nada. No había palabras para calificarlo, no sé si como patán, grosero o como persona con caratula de animal. Preferí no hablar y alejarme de él. Nunca durábamos todo un día contentos. Cuando él explotaba su ira con malas palabras, insultándome, humillándome, cada que se le antojaba. Él decía que yo siempre echaba a perder todo y me culpaba que ya le había arruinado el día o el momento.

Por eso lo corté, no soportaba un agravio verbal más. Era vergonzoso todo lo que pasaba con él. En el poco tiempo que lo trate, siempre andaba llorando que no traía dinero, me invitaba a comer y salía con sus tonteras que me daba más pena a mí que a él, con el descaro que me decía: "Ah paga tú que se me olvidó la cartera". Pero solo me la hizo esa vez, la siguiente ya no le seguí su juego, me la quiso hacer igual y me dijo, terminando de comer: "Ah, ¿sabes que se me pasó?, decirte que no me pagaron en el trabajo, paga tú y para la otra pago yo". Me paré bien enojada y le dije: "Eso me hubieras dicho antes de venir. ¿Cómo se te ocurre invitarme a comer si no traes ningún peso?". Me fui y le dije: "¡A ver cómo le haces, porque no es la primera vez que me sales con esa mensada! Te pones a lavar los trastes o hablarle a alguien que te traiga dinero. A mí no me vuelves a hacer algo así". Me fui y lo dejé ahí. Ahí terminó todo. La mamá fue la que tuvo que pagar. A partir de ahí me empezó a agarrar mucho coraje y hablar mal de mí. Ya no volví a saber de ellos esperando en Dios que estuvieran dando los pagos de la camioneta que era lo único que me preocupaba.

Para mi mala suerte no fue así. A los dos meses recibí una llamada del banco que me decía que tenía tres pagos atrasados: abril, mayo y junio. Él no estaba dando los pagos y que me daban una semana para pagar. En ese momento, la noticia me cayó como cubeta de agua fría. Me preocupé y me dio mucho coraje el enterarme que no estaban dando los pagos y fui a su casa a buscarlo y decirle en persona que por qué no estaba dando los pagos y llegar a un acuerdo, porque me estaba afectando mi crédito. Al llegar a su casa, en ese momento me di cuenta que la camioneta tenía los *stickers* vencidos y que tampoco estaba pagando el seguro. Al cobrarle y decirle que me estaba afectando que no diera los pagos y que estaban a punto de levantar la camioneta, mi ex contesto fríamente y con tono burlesco y prepotente: "Yo no tengo dinero, págales tú". Triste, indignada e invadida de coraje le dije: "¿Por qué voy a pagar?, ese no fue el trato cuando me pidieron que les ayudara. Aparte si tu estás usando la camioneta, te corresponde pagar". No eran los tres meces que tenía que pagar, sino que también me debía lo que le había prestado del enganche que fueron $1.500 y $180 de cuando le saque el seguro. Él, enfurecido y golpeando lo que encontrara en su paso, diciéndome malas palabras de lo enojado que estaba porque le fui a cobrar, me corrió, gritándome y jaloneándome cruelmente, que me fuera de su casa, que ahí ninguna vieja le iba a decir lo que tenía que hacer, que me largara por donde vine y que él me iba a pagar cuando a él le diera la gana, no cuando yo le dijera, y si le daba la gana no me pagaba nunca.

Me sentí burlada, humillada, defraudada, desilusionada y extremadamente enojada, con coraje he impotencia, diciéndome a mí misma "que arrepentida estoy de haberles dado mi ayuda, abusaron de mi buena voluntad, no es justo". Al día siguiente, fui a buscar a la mamá, algo que no fue fácil, porque sabía que yo ya no era la muchacha buena del mundo, ni tampoco me recibiría con mucho gusto. Al tocar la puerta, sentí mucho miedo porque se sentía mucha tensión, como que presentía que no llegaría a una solución.

Se podía sentir la mala vibra y una gran tensión porque desde afuera se escuchaban los gritos de la señora que estaba regañando a alguien. Al abrir la puerta, la señora efectivamente estaba enfurecida, en cuanto me miró explotó como bomba; ni el pase me dio, menos ser amable conmigo como antes. Al decirle cual era el motivo de estar ahí se exalto mucho más y me reclamó que porque le fui a cobrar a su hijo, que su hijo se había sentido muy humillado porque yo lo había ido a avergonzar, y me dijo: "A mí no me vengas a molestar, él no está aquí, está trabajando". Le sugerí amablemente poner una solución y tatar de que no se enojara conmigo, yo solo quería arreglar ese problema, que si no le podía ayudar a pagar ella y que si no podía, que me entregaran la camioneta porque me estaba perjudicando a mí. Ella cruelmente me contestó: "Pues usted para que le saco camioneta"; que yo eso me busque por andar quedando bien, que su hijo aparte que él nunca me quiso, que me fuera y no regresara, que ella no me iba a pagar nada, que lo buscara en el trabajo, que a ella no la metiera en eso.

Tal parecía que se le olvido que llorando me suplicó que le ayudara, me di cuenta que ni él, ni ella, querían arreglar las cosas, ni tampoco darme la camioneta, algo que me iba preocupando mucho más y generándome estrés y fuertes dolores de cabeza. Claro que yo no fui buscarlo para ocasionar un problema, sino para poder llegar a un acuerdo y que nadie saliera perjudicado, pero ellos no lo entendieron así y se empeoró más la situación. Tristemente salí de casa de la señora y me dirigí al trabajo de mi ex a buscarlo, confiando en que no se agravarían más las cosas. En el camino me iba aumentando el miedo y me puse muy nerviosa, porque sabía que no iba ser fácil hablar con él nuevamente y pensando: «Ya perdí tanto el dinero que les presté como mi crédito, que con tantos años y sacrificio lo había logrado obtener». Yo no tenía para pagar lo que se debía, y lo peor que, por esa mala acción de apoyar a unas malas personas abusivas, me perjudiqué y eché a perder mi crédito por una camioneta que ni siquiera estaba manejando, ni seria para mí.

Con miedo e invadida en tristeza y rabia, le hice una llamada en lo que llegaba a su trabajo. Groseramente, me amenazó que si seguía molestándolo le hablaría a la policía, que a él nadie le tenía que decir lo que tenía que hacer y menos una vieja; que si volvía a ir a su casa, me sacaría a patadas. Fue ahí donde decidí desviarme y pedir ayuda a la policía y buscar orientación con alguien más, que me pudiera dar un buen consejo. Fui a la policía y no pude hacer nada ya que el oficial racista que me atendió, ni siquiera quiso escucharme y eso que era mexicano, cuando le dije que no tenía un papel firmado.

Me fui de ahí a la iglesia a orar, porque sentía que ya no podía más con ese problema y a ponerme en manos de Dios, y me diera la fuerza para enfrentar la grave situación que se me venía encima. Al llega a la iglesia me encontré al sacerdote Luis Arroyave, y a la secretaria Verónica Ruiz de la iglesia. La Iglesia Católica de Mount

Pleasant, Texas; los cuales me conocían muy bien de cuando yo tocaba la guitarra en el coro y a la que yo asistía como líder del grupo de jóvenes por 3 años cuando vivía ahí. Ellos al verme, me preguntaron que si me pasaba algo o si estaba bien porque mi semblante se veía muy triste y demacrada; o algo que me desconocían porque yo era siempre muy alegre y emprendedora, siempre de buen humor. Ellos veían que no era la Andrea que ellos conocían. Al decirme esto, se me salieron las lágrimas, pero aún me mantuve firme y con un nudo en la garganta y a punto de estallar en llanto, me contuve y les conté la pesadilla que estaba pasando en esos momentos.

Ese día era un viernes como a las dos de la tarde, 12 de julio del 2014. Ellos al escucharme me sugirieron que fuera a la policía a poner una orden de restricción porque él me estaba amenazando ya hasta de muerte, y que le enseñara los textos a la policía. Para eso la secretaria habló a la policía para ver si alguien podía ir a hacer un reporte ahí, a la iglesia, porque yo estaba muy nerviosa y no podía manejar en ese estado. Desafortunadamente le dice el oficial que no puede mandar a nadie porque no es una emergencia, que tenía que ir allá a hacer el reporte y poner la orden de restricción en persona. Con todo el miedo y los nervios, agarro mi carro y me voy a la oficina de policía.

El oficial que me atiendo, que nunca supe su nombre y ni volví a ver, en cuanto vio los textos antes de contarle toda la historia, inmediatamente me da el pase a la oficina, no de ella si no del alguacil, para que el determine rápido y me dé una solución, ya que estaba en peligro por las graves amenazas que me estaba haciendo por texto. El alguacil me hace el reporte y pone una orden de restricción y me advierte que no le conteste más y que si va a mi casa o me sigue, inmediatamente hable al 911. Que vaya al trabajo a tratar de la mejor manera a arreglar las cosas para evitar más problemas, pero que no fuera sola a buscarlo y tratar gentilmente y de la mejor manera en llegar a un acuerdo con él. Que me jugara el último intento y le diera la última oportunidad de solucionar las cosas y decirle que ya la policía estaba al tanto, que me diera la camioneta a ver si el reaccionaba y me la entregaba a la buena.

Para eso no contaba con nadie, para que me acompañara. Si le contaba a mi familia me iba a ir peor, ya parecía que escuchaba los regaños de mis padres y hermanas, ya que a ellos no les gustaba andar en problemas y más porque eran amistades de ellos, casi familia, y preferí no decir nada a nadie y menos a mis amigos. El único que sabía era mi mejor amigo Santiago Gutiérrez, pero él vivía en Waco, Texas, a 4 horas de ahí. imposible que me pudiera acompañar, aparte que era muy temprano y todo el mundo estaba trabajando.

Volví a la iglesia a ver si la secretaria me podía acompañar, pero no me atreví a decirle porque tenía mucho trabajo. Pero ya me sentía mejor el deshojarme, contarle al sacerdote y la secretaria, y ahora contar no solo con la policía, sino también el apoyo del alguacil. Me fue suficiente para agarrar valor y enfrentarlo sola, porque al pedirle ayuda a alguien más solo me generaría desgaste y pérdida de tiempo, dolores de cabeza y hacerlo más grande, y me trajeran chismes, algo que ya no tendría la fuerza para soportar ya con todo lo que me estaba pasando. Además, no me ayudaría en nada, al contrario, me darían más estrés y daría a saber a la gente que estaba en un problema y se regaría la noticia y me afectaría aún más, porque yo nunca había estado involucrada en un grande problema y menos llegar en manos de la policía. Me dije: «Sola me metí en este problema y tengo que enfrentarlo ¡como sea!». Me apliqué mi propia ley y me dije: «Andrea tienes que torear el toro como te lo avienten, mansito o bruto, ya me toco bruto dale que ya lo tienes enfrente».

Al hablar con ellos me sentí más tranquila y fortalecida, y me dirigí ir a buscarlo a su trabajo. Aunque el miedo no lo podía controlar porque sabía que no iba a ser nada fácil hablar con él porque estaría enfurecido. y por las amenazas que me estaba haciendo en los mensajes que me mandaba diciéndome que él me iba a echar la policía si le seguía molestando, claro que eso me decía para intimidarme con palabras obscenas y vulgares para que lo dejara en paz. Al llegar a su trabajo le dije a la secretaria muy conocida mía, Perla Rodarte, que le hablara, que era importante. Ella me notó muy nerviosa y me preguntó: "¿Qué pasa?, ¿todo bien?". Solo le dije que sí y que cuando él llegara que no me dejara sola hablando con él, que después le contaría lo que pasaba. Ella muy amable me dijo: "Si tranquila, yo estaré contigo".

A los tres minutos se abrió la puerta de la oficina y era él. Venía con un aspecto descuidado y sucio, y con aliento a alcohol. Al verme se alteró y me dijo que hacía ahí, que si seguía con lo mismo de quitarle la camioneta o a cobrarle, que no me la iba a dar la camioneta y tampoco me iba a pagar porque no tenía dinero, y se salió de la oficina y saco un cigarrillo, lo encendió para fumárselo y caminando hacia el estacionamiento donde estaba la camioneta. Lo seguí y le dije: "Tienes hasta las 4 para pagar lo que se debe o entregármela si no puedes pagar, y faltan dos horas porque el banco lo cierran a las 4. Si no puedes pagar dime, dámela, yo me haré cargo". Contestó enojado y muy nervioso queriéndome intimidar con sus amenazas, diciendo: "A mí ni tú, ni el banco, me va a quitar nada. Ahorita les voy a hablar que se esperen hasta que tenga dinero".

Se dirigió a la camioneta, saco su teléfono y marco al banco. Enseguida le contestaron y en lo que el empieza hablar con la agente que le atendió la llamada, yo veo que en su bolsa del pantalón sale una cuerda y un llavero, era el llavero de las llaves de la camioneta. Él se recargo con su brazo izquierdo y sosteniendo el cigarrillo en la caja de la camioneta y con la otra mano derecha tenía el teléfono y me daba la espalda, al verlo que estaba metido en la plática con el agente del banco, como si clarito escuchara una voz que me decía: "Es tu oportunidad de que le saques las llaves a la mala". Y pues ya no me quedaba de otra porque él ni a la del banco estaba respetando, mucho menos a obedecer a pagar.

En un abrir y cerrar de ojos que le saco las llaves de la bolsa del pantalón, no sé ni cómo las saque con el miedo y nervios que hasta temblaba, pero mi mano se fue como un imán y en menos de un segundo le arranqué las llaves de su bolsa de su apretado pantalón me fui inmediatamente aterrorizada, temiendo que me persiguiera y si me alcanzara no me iría nada bien y fácilmente me agrediera. Pero no hizo nada, siguió hablando con el agente del banco, no me siguió, entre pasos encarrerados y de reojo, veía que no me estaba siguiendo, algo que me tranquilizaba y corrí para llegar a mi carro

31

lo más pronto posible, ya que estaba sola no se veía ni un alma fuera y la recepcionista no pudo salir a acompañarme. Aunque mi carro no estaba lejos, se me hizo eterno, que no llegaba para salir de ahí inmediatamente. Por obra de Dios no me siguió y quizás él pensó que me fui a la oficina, pero no fue así. Tomé mi vehículo y salí de ahí más que rápidamente. Me dirigí nuevamente al departamento de policía a buscar al alguacil nuevamente para informarle que ya tenía las llaves, que podía mandar a alguien para que me acompañara para ir por la camioneta, pero me dijo que no podía mandar a nadie porque eso era algo personal mío, que yo tenía que resolver.

Pues saliendo del departamento de policía cual sería mi sorpresa que en segundos de tomar mi carro entrando a la calle, veo que se acerca una camioneta y como mala suerte del destino era mi ex, como si lo hubiese atraído. Ya alguien de su casa le había llevado las copias y me andaba buscando por todo el pueblo. Mi corazón empezó a latir muy rápido de angustia, nervios y preocupación, con un miedo que invadió todo mi cuerpo, que temblaba como si estuviera muy frio, imaginándome lo peor. Para colmo de mi mala suerte, el semáforo se puso en rojo y tuve que parar pensando: «Me va a chocar o bajarse del carro y bajarme, o golpearme y quererme sacar del carro y buscar las llaves». En fin, una revolución de malos pensamientos que me pasaron en segundos, de lo peor.

Lo que hice al parar fue tratar de tranquilizarme y disimular que tenía miedo, si él se bajaba, que no me viera nerviosa. Pensé en ponerle seguro a todas las puertas, y sí, efectivamente él se bajó como una fiera maldiciéndome a derecha e izquierda, trató de abrir la puerta, ya que miro que no pudo abrirla empezó a golpearla tratando de quebrar el vidrio de la ventana a golpes. Al lado izquierdo se encontraba un Americano mirando la escena y con señas se comunicó conmigo y me dijo que si estaba bien, le dije que no con señas de desesperación, me dijo que si le hablaba al 911, le dije que sí. Enseguida se puso el semáforo en verde y el Americano ya no se dirigió a su destino y dio vuelta a la izquierda, inmediatamente nos siguió.

Yo me dirigía a la iglesia y en el camino le hablé a la secretaria muy asustada e invadida de miedo, que no podía ni hablar; como pude le dije: "Háblale a la policía que mi ex me viene siguiendo y trato de sacarme de mi carro y quebrar las ventanas, yo estoy a punto de llegar a la iglesia". Yo por lo nerviosa y asustada que iba no les podía hablar ya que la policía me preguntaría muchas cosas y yo no tenía cabeza para contestar porque me sentía en peligro.

Al llegar a la iglesia, estacioné mi vehículo enfrente a la oficina, lo apagué y salí de él tan pronto como pude y corrí. Al salir del carro a él no le importó que estaba en una iglesia y atravesado se estacionó, corrió detrás de mí y pasos antes de yo abrir la puerta me alcanzó a agarrar de una mano y muy fuerte me agarró del cuello azotándome en el carro con amenazas y agrediéndome verbal y físicamente, porque me dejó marcada de donde me tomo tan fuerte. Grité fuertísimo con mucho pánico y terror: "¡Auxiiiiiiliiiiio!". De lo fuerte que grité que se escuchó en toda la iglesia, inmediatamente salieron el sacerdote y la secretaria, que si se hubieran tardado en salir me hubiera golpeado peor; si no hubiera sido por ellos que salieron rápidamente, él me hubiera lastimado sin piedad ya que me había dicho que me mataría.

Al salir ellos, mi ex me soltó inmediatamente y en eso viene llegando la policía y el cobarde de mi ex al ver la policía se arrodillo abrazando a los pies del padre llorando y suplicando que no se lo llevaran a la cárcel, como un patán cobarde, que el dijera a la policía que no se lo fueran a llevar.

Llorando como un niño de 5 años, cuando llora pidiendo un dulce o un juguete, que vergüenza de hombre; pero si se hacia el muy valiente y poderoso machito cuando me estaba amenazando. La policía llegó tan rápido porque el Americano que nos miró en el semáforo cuando me estaba tratando de quebrar la ventana, y que además sirvió como testigo, les hablo y ya eran dos llamadas: la de él y la de la iglesia; por eso llegó tan rápido. Aparte que yo ya había hecho un reporte que aceleró para que llegaran al minuto.

Eso fue muy humillante para mí, pero a la vez me sentía fuerte porque sabía que ya estaba a salvo y que yo tenía la razón. Yo me metí a la oficina y los dejé afuera, me senté en una esquina en el piso al lado del escritorio de la secretaria para que, si alguien entrara, no me viera en lo que respiraba y trataba de relajarme, ya que estaba muy asustada y nervios. A los cuatro minutos entraron con él, casi cargándolo porque él se estaba casi desmallando de lo mal que se puso, se quería ahogar el muy cobarde.

Lo sentaron en una silla y le dieron agua porque se puso muy mal de los nervios. Me levanté y me senté en la silla de la secretaria para que el oficial me viera que estaba ahí. Al ver a mi ex como se puso llorando, temblando de miedo, que no podía ni hablar, me tranquilicé porque ya no era yo la que temblaba, si no él. Hasta lastima me dio porque no había necesidad de que las cosas llegaran tan lejos. En lo que el oficial lo interrogaba a él, y se tardaron como 15 a 20 minutos porque lo tenían que traducir ya que él no hablaba inglés, en ese tiempo yo estaba pidiendo a Dios que me pudiera calmar para cuando el oficial me interrogara a mí, yo no estuviera asustada ni nerviosa, y le pudiera decir todo bien como pasaron las cosas. Y así fue, ya cuando me tocó que me interrogaran le pude decir todo muy tranquila, como si no hubiera tenido miedo ni nervios minutos antes. Le dije: "yo no quiero problemas, solo quería que me pagara lo que me debía y que me diera la camioneta, porque él no la estaba pagando"; para eso dijo el oficial que lo iba arrestar porque aparecía en su récord que era un criminal, algo que me impactó, que yo desconocía que clase de persona era, que había agredido antes a una mujer con un cuchillo y una pistola, y si yo le ponía cargos se lo iban a llevar.

Ya estaban dos oficiales altos de aspecto fuerte y color oscuro, especialistas en arrestar a criminales y que él estaba ya como un criminal en todo Estados Unidos. Contesté al oficial: "Yo no quiero poner cargos porque su papá está muy enfermo, y no quiero que por este problema se vaya a poner peor, ya que él estuvo un mes en el hospital y tiene días que acaba de salir. Además, le hacen diálisis dos veces por semana". Pues no sé si en ese momento hice bien o mal, por no haber puesto cargos, al final se llegó a un acuerdo ahí con el oficial de que él me iba a pagar todo lo que me debía, y que se pondría al corriente con los pagos de la camioneta en el banco.

Lo dejaron ir con condición, muchas reglas muy estrictas por los antecedentes que ya tenía y no se lo llevaron, ya que yo no quise poner ningún cargo. Él al irse de la oficina y partir derecho a su casa, y agradecerle a Dios que no lo arrestaron, que le dieron otra oportunidad, el muy tonto se fue a comprar cerveza y embriagarse hasta perderse. Él no llegó a su casa por varios días. Eso paso el viernes, se llegó sábado y yo no volví a saber nada hasta el domingo como a las 6 de la mañana, que la mamá del me habló, por cierto, muy enfurecida, estaba muy enojada; maldiciéndome con gritos, humillaciones y amenazas porque no sabía nada de su hijo, lo único que sabía era que yo le quité la camioneta y que era mi culpa de que estuviera desaparecido, que si algo le pasaba yo no iba a vivir para contarlo, que lo iba a pagar muy caro.

Ese problema me puso muy mal y me afectó mucho, porque no solo eran las amenazas de la mamá, si no los regaños de mi familia que se pusieron de su lado y no me apoyaron en ese momento, aunque yo sabía que todo había sido un error y que fue mi culpa por ayudarles a sacar la camioneta, pero ya era demasiado tarde para mi arrepentimiento; y que aunque me equivoqué, sentí muy feo que mi familia me diera la espalda y se pusieran del lado de mis agresores en ese momento. Aunque después si me dieron la razón y me apoyaron, pero en el momento del escándalo solo eran regaños de mis padres y mis hermanas; y aunque les hice saber que reconocía que fue un error involucrarme en un problema que no tenía necesidad, pero ya estaba en él y tenía que enfrentarlo como fuera.

Me sentí sola porque mis mejores amigas también me habían dado la espalda y se aliaron a la mamá de mi ex, creyendo todas las mentiras, calumnias y pestes que ella decía de mí. Fue tanta decepción, humillación y veía que estaba metida en un grave problema. Me sentía señalada, el mundo se me vino encima. Con todo eso caí en un shock de pánico y nervios que me derrumbé, no podía ni caminar, menos manejar. Se me paralizó todo el cuerpo, algo que no era yo. Toda esa situación me trasformó a una persona que yo no era y me desconocía, porque yo siempre era fuerte e independiente, alegre y muy optimista, que a todo le buscaba solución. Algo que ya estaba fuera de mi alcance con tan grave experiencia que me estaba carcomiendo y me dolía hasta los huesos.

EN TRANCE DE SHOCK Y PÁNICO

Ese domingo fue el peor de toda mi vida. Empecé a temblar y una desesperación, preocupación terrible y sobre todo, con mucho miedo, que no cabía en todo mi cuerpo, algo que no podía controlar. Aparte, mi ex no aparecía por ningún lado, eran las 10 de la noche del domingo y no se sabía nada de él. Pensé lo peor, que se ahogó porque mi papá me dijo que la policía había encontrado un cuerpo en un lago ahogado y yo pensé que era él, esa noticia me puso más alterada pensando que me iría muy mal y no sabía cómo enfrentar ese problema, y quizás hasta a la cárcel iría a parar.

Recuerdo que eran las 5 de la mañana del día siguiente, ya el lunes, y quise quitarme la vida, matarme, porque sentía que ya no podía más, y porque todos los que amaba me habían dejado sola. Estaba tirada e invadida en llanto en el piso de mi cuarto y le pregunté a Dios a gritos que porqué me había pasado eso, que si era un pecado haber ayudado a alguien, porqué mi familia no me comprendía y porque nadie me daba tan solo un palabra de ánimo, o un abrazo que tanto necesitaba en ese momento, que ya no tenía fuerzas para soportar todo lo que me estaba pasando. Lloré y lloré, abrasada de un cuchillo, a punto de enterrármelo en el corazón. En eso sentí como si alguien me habló, me llegó una voz que me dijo: "Todo estará bien, levántate y no tengas miedo, se fuerte"; algo inexplicable. Agarré la Biblia que siempre tenía al lado de la cama en el buró. Solo la estreché en mi pecho y dije: "Gracias Dios, porque tú no me has abandonado". Abrí la Biblia y lo primero que encontré fue:

"Bueno es alabarte cantar salmos a tu nombre:

Que grandes son tus obras, he aquí tus enemigos serán esparcidos todos los que hacen maldad, pero tu aumentaras tus fuerzas como las del búfalo serás ungido con aceite fresco y mirarán a mis ojos sobre mis enemigos; oirán mis oídos de los que se levantaron contra mí de los malignos". (Salmo 92, 5–10)

Ese salmo me ayudó a agarrar fuerzas y me levanté, de rato mi mamá y mi hermana la mayor, tocan la puerta de mi cuarto y susurré "no por favor, no vengan a hablar de lo mismo y atormentarme más, ya estoy cansada y nomás van a venir a echarme en cara mi error, no quiero saber más nada". Contesté pasen muy desganada, entraron y mi mamá preguntó "¿no has dormido verdad?, nosotros tampoco". Solo contesté: "Llévame a la iglesia", y dijo mi hermana: "Sí, yo te llevo enseguida". Sabía que estaba muy mal y no podía manejar así como estaba. Me arreglé y nos fuimos.

En el camino le comenté a mi hermana que lo que estaban haciendo conmigo era una injusticia, que iría a poner una demanda por todas las amenazas que estaba recibiendo y antes que se me borraran las huellas, que si me podía llevar a poner la demanda porque tenía miedo de manejar, y me dijo que no, que ni se me fuera ocurrir poner demanda que ya con el escándalo que había armado era suficiente, que por mi error hasta a ella la estaban llevando, que arrastré con toda la familia y que ya estábamos en boca de todo el mundo.

EL QUE DIRÁN

Qué dirán de nosotros, mira las que según son muy buenas y las que siempre se la viven en la iglesia como andan, ahora era algo que le avergonzaba mucho. Claro que me dolieron sus palabras, porque yo jamás quise que las cosas llegaran a tanto.

Al regresar a casa, saliendo de la iglesia, le conté a mi mamá que tenía que hacer algo, que no me diera la espalda porque la mamá de mi ex estaba hablando a todo el que se encontrara para hablar mal de mí y estaba acabando con mi dignidad y reputación como mujer, y tenía que ponerle un alto, yo tuve consideración de la enfermedad de su esposo y no puse demanda para no empeorar las cosas, pero ella con su lengua me estaba desprestigiando y ahora si no me iba detener a demandarla y poner cargos porque ya estaba hablando pestes y cosas que no eran ciertas, y me las iba tener que comprobar; ya se había pasado de abuso con tanta infamia hasta llegó a decir que yo era una abusiva y que me quería aprovechar de ellos, que como su hijo era tan bueno y que como no me quería, le quité la camioneta por desquitarme, algo que aun sabiendo que no era así, ella se encargó de divulgar; que yo era un ser despreciable, la peor del mundo.

Mi mamá tampoco quiso que pusiera la demanda, pero yo no estaba tranquila, sentía como si alguien me decía que tenía que demandar, porque era un abuso lo que estaban haciendo conmigo. Al día siguiente apareció mi ex, lo encontraron en una cárcel de Oklahoma, lo agarraron por manejar tomado. La mamá de mi ex le había hablado a una de mis hermanas para decirle que ya había aparecido y que me andaban buscando para darme una golpiza, que por mi culpa ahora su hijo estaba en la cárcel y eso no se iba a quedar así, que yo se la iba pagar y que donde me encontraran me iban a dejar como Santo Cristo.

CULPABILIDAD

Me sentía culpable de todo, al escuchar eso si me asusté y empecé a culparme, que todo lo que me pasaba era por tonta, que no había otra culpable y más mensa en el mundo que yo, los arrepentimientos y culpabilidad no me dejaban en paz. Toda la noche estuve culpándome y hasta maldiciéndome a mí misma por tan errónea decisión, jurando no volver a confiar ni ayudar a nadie nunca jamás en mi vida. Pero en medio del terror y culpabilidad, le pedí a Dios que me iluminara y me diera sabiduría para salir de ese problema, tampoco pude dormir. A las 6 de la mañana, ya martes, sentí como que algo me hizo saltar de mi cama y la voz nuevamente que me dijo: "Ve a poner la demanda, no le pidas permiso ni ayuda a nadie, tu solita ve, agarra tu carro y vete a hacer lo que tengas que hacer, cuanto antes, tu sola puedes y no necesitas de nadie para hacer esto".

Agarre valor y me fui al departamento de policía, me tocó esperar porque llegué a las 7 y la oficina la abrían hasta las 8. Esa hora se me hizo eterna, ya quería decir todo lo que me estaba atormentando y ahora no iba a detenerme. Finalmente se dieron las 8 y un agente de policía me mandó a un cuarto privado a tomar mi declaración y ahí me atendió un amable oficial que yo digo que fue un ángel que Dios había puesto en medio de tantas angustias, y que al final alguien me escucharía y no me juzgaría y menos me regañaría.

El oficial, con apellido Palma, me tomó la declaración y fotos donde mi ex me había agredido y me había mandado a que me dieran apoyo psicológico a una fundación del gobierno, porque emocionalmente estaba muy afectada. Al salir de ahí, me sentí más tranquila y protegida, porque ya la policía sabía que si algo me pasaba, irían con la familia de mi ex por todo lo que había pasado y las amenazas de la mamá. Al llegar a casa me encuentro con la noticia de que la señora había amenazado a mis papás porque yo había puesto la demanda, algo que ya le habían informado en la policía, en una llamada que le hicieron a la señora. Amenazó a mis papás que me convencieran para que quitara los cargos por que a su hijo le estaba perjudicando y que le darían muchos años de cárcel, que si no quitaba los cargos no iban a saber de lo que ella era capaz y lo que iba hacer conmigo, que me iba arrepentir de haber nacido.

Ya no eran solo las amenazas solo a mí, sino a mis papás también. Claro que mis papás se asustaron, les afectó mucho. Mi mamá muy triste y preocupada me dijo con sus ojitos llorosos: "Hija, en que lio nos has metido"; algo que me rompió mi corazón en pedazos. Fue ahí donde agarré coraje y fuerza y dije: "Ahora si voy a darle hasta donde tope y sin piedad, a mis padres nadie me los va a tocar". Volví al departamento de policía y agregué al reporte las amenazas que le hicieron a mis padres, inmediatamente pusieron los oficiales una orden de restricción más estricta y un oficial personalmente fue a hablar con la familia de mi ex y le dijo a la señora que si había una llamada más o una amenaza más, la arrestaría: "Ninguno de ustedes puede acercarse ni con Andrea, ni a con nadie de su familia. Si lo hace usted o cualquiera de su familia o mande a una de sus amistades, se meterán en problemas y serán arrestados".

Dios me ayudó para agarrar valor y enfrentar sola todo ese trago amargo, y que gracias a Dios no me quede callada. Dios estuvo siempre conmigo en el momento que pensé en suicidarme. Comprobé una vez más que Dios no está muerto y que nunca me abandonó. Que cuando todos me dieron la espalda, el me abrazó fuerte y me mandó sus ángeles a escoltarme y no me sintiera sola. Yo le digo a usted que está leyendo, nadie tiene derecho de abusar de usted y no permita que nadie le quite su buena voluntad y le diga lo que usted debe hacer, y hacerla una persona diferente a la cual Dios no la hizo; y que por personas violentas y abusivas, muchas personas se han quitado la vida, algo que gracias a Dios yo pude evitar, pero desafortunadamente muchas personas no logran enfrentar al abusador. No se quede callada, denuncie.

Hay un dicho que dice: "El valiente vive hasta que el cobarde quiere". A mí me dijo alguien de la policía que Dios a mí me dio este problema porque yo era fuerte y lo podía enfrentar, que yo le tenía que poner un alto a esa gente porque ya habían hecho muchas y demasiado daño a otras personas y que me tocó a mí, porque yo podía con eso y más, aunque en ese momento no me consoló lo que me dijo porque yo no hubiera querido pasar por esa amarga experiencia tan desagradable, pero con el tiempo lo comprendí.

Al refugiarme en Dios y abrazarme de su palabra, tuve la fuerza para salir limpia y todo lo pude aclarar. Yo duré tres meces muy mal, estuve muy afectada, tenía mucho resentimiento y odio, me estaba convirtiendo en una persona rencorosa y vengativa, algo que era muy diferente porque yo era una persona muy amorosa, noble y de paz; pero tenía mucho coraje. Un día de los que no podía dormir, se me vino un mal pensamiento de venganza y de ir a hacer justicia por mis propias manos. Eran las tres de la mañana y agarré unas tijeras para irle a cortar la lengua a la señora, porque aún no le paraba la lengua para hablar pestes de mí.

En mi angustia clame a Jesús y el me respondió, inclinó su oído hacia mí. Libra mi alma Jesús, de labios mentirosos, y de la lengua fraudulenta. (Salmo 120:1–2)

Recuerdo que estaba sentada en la cama planeando mi plan de venganza cuando sentí que alguien me rebato las tijeras y extrañamente cayeron al piso y me asusté. Susurré: "¿Que estoy pensando?, esto no está bien". Guardé las tijeras, dije: "Dios mío, perdóname. Yo no soy esta persona de odio, rencor y venganza. ¿Qué me está pasando?, quítame estos malos sentimientos que me están matando y no me dejan en paz y me estoy enfermando". Siempre tenía un fuerte dolor de cabeza que no se me quitaba con nada, me arrodillé y abracé mi cama y dije: "Dios, ayúdame", y con lágrimas en mis ojos dije en su nombre: "Señor Jesús, yo perdono todo lo que me hicieron, y todo lo que me deben no me hará falta porque, tú Señor todo poderoso, me bendecirás a manos llenas". Me refugié en la Biblia nuevamente y siempre en mis oraciones pedía por ellos y me dije: «Yo los perdono porque no sabían lo que hacían, reprendo y saco de mi todo mal pensamiento. No habrá odios, resentimientos, venganza, ni rencor en mi persona».

A los 8 meses yo ya ni me acordaba de ese problema. Seguí con mi vida normal, me fui de vacaciones a Las Vegas.

Disfrutando de mis vacaciones en un show de acrobacias, entra una llamada y era del banco de donde me financiaron la camioneta y me dice el agente del banco, que le habían quitado la camioneta a la familia porque no estaban dando los pagos y que indicara el lugar en donde quería que me la dejaran. Yo ya ni por la mente me pasaba, hasta le dije al agente del banco: "De que me está hablando, yo no tengo ninguna camioneta, está equivocado"; hasta que me explicó que ellos sabían lo que había pasado y que yo tenía el derecho a la camioneta, porque estaba a mi nombre. Solo dije: "Llévenla a donde vivo, en Dallas. Yo no estoy ahora en Texas, pero la pueden dejar ahí. Yo le mando mi dirección en un rato".

Al regresar de mi viaje, que gusto me dio que cuando llego de Las de Vegas y me voy bajando del taxi, lo que veo afuera de la casa es ¡la camioneta! Me dio mucho gusto y le dije como si fuera una persona: "tanto problema y drama que me hiciste pasar, camionetita, y ahora ya te tengo conmigo. Hiciste sacarme canas verdes". Miré al cielo y dije: "Gracias Dios". Ahora le agradezco a esa familia que aunque me hicieron la vida de cuadritos entre dramas, humillaciones, amenazas y disgustos; les agradezco porque me hicieron más fuerte, y gracias a esa experiencia pude tener mi negocio de compra y venta de carros, porque empecé vendiendo esa camioneta, que cada mes recibía 350 dólares que no me caían nada mal porque ya no se debía más que 800 dólares y los pagué de inmediato.

De ese pago ahorré para comprar otro carro y venderlo, claro ya con un contrato bien hecho, para evitar problemas, y así me fui haciendo mi pequeño negocio, que aunque no vendía mucho, me ayudaba para mis gastos y pagar la Universidad, porque en ese tiempo estaba estudiando para asistente de médico forense con lo que ganaba de las ventas. Me quedaba dinero para darme mis lujos y uno que otro viajecito a California, Miami o Las Vegas. Agradezco que si no hubiera pasado por ese problema, que fue de mucho aprendizaje, nunca hubiera sabido lo que era estrenar carro a cada rato, porque claro, antes de venderlo, mínimo yo lo manejaba un mes y luego ya lo ponía a la venta.

Yo bendigo a la mamá de mi ex donde quiera que se encuentre, porque cuando ella me maldecía o hablaba mal de mí, era una perla más que le ponía a mi corona que ella misma me puso; y cada maldición o mala palabra que ella decía de mí, engrandecía más mi corona porque era una bendición más que a mí me llegaba con toda su rabia con su infamia y todo lo mal que hablaba de mí, me hacía más fuerte como si me pusieran más gasolina o me dieran más cuerda para seguir creciendo. Era como un arbolito, cuando le ponen vitamina y más agua para que crezca y sus hojas se pongan fuertes y brillantes.

Esto que me pasó, me hizo empoderarme más y empoderar a otras personas; me di cuenta que aunque me caí y me costó levantarme, pude levantarme y defenderme sola; y más fuerte que nunca. También no permití que abusaran más de mi buena voluntad, nadie tiene porque manipularte a no denunciar cuando hay un abuso, así sea tu padre, tu hijo, tu hermano, tu amigo o un desconocido; no importa, tenemos que hablar. Debemos parar este tipo de injusticias. Si sabes o tienes una experiencia así y no sabes cómo salir de ella, busca ayuda profesional, lee, infórmate, investiga hasta llegar al lugar adecuado para que no hagas lo que los demás te digan lo que debes hacer, porque quizás te hundan más.

Refúgiate con personas adecuadas y bien preparadas que sepan orientarte y darte un buen consejo. La Biblia te da las respuestas a tantas preguntas que no les encuentres respuesta, a las dudas, miedos e incertidumbres; ahí encuentras las respuestas, soluciones y opciones que nadie te dará. Busca, toca y pide en el lugar correcto. En la misma Biblia dice:

"Toca y se te abrirá, pide y se te dará" (Mateo 7:8).

Tenemos dos opciones en esta vida: ser felices o infelices. La decisión está en uno mismo. Dios no te da más de lo que no podamos soportar y solucionar, el permite que pasemos diferentes circunstancias para prepararnos mejor y para demostrarnos cuanto nos ama.

Si tienes a Dios y le abres las puertas de tu corazón todo lo podrás resolver y a nadie temerás. (Filipenses 4:13).

Mi manera de ser y mi manera de divertirme y divertir a los demás

Siempre he sido muy alegre, hiperactiva, y siempre le encuentro el buen humor a las cosas y en las fiestas familiares siempre me tocaba hacer la animación, en las fiestas de cumpleaños, ya fuera de mis padres, hermanas, sobrinos o de amistades; soy sociable, me gusta ayudar de buena voluntad, aunque no todo el tiempo se puede pero cuando lo hago, lo hago con mucho gusto y amor. Antes, cuando vivía en Mount Pleasant con mi familia, siempre estaba involucrada en actividades de la iglesia, estaba en el grupo de jóvenes, ayudaba a los niños en el catecismo, tocaba la guitarra, y en el grupo de oración cantaba, hacia coros, segunda voz y tocaba las percusiones. Empecé tocando el pandero y de ahí fui aprendiendo a tocar otros instrumentos. En los festivales participaba en comedías, bailes, obras de teatro con pasajes Bíblicos que se organizaban. Aunque en el coro habíamos 6 mujeres, pero poco a poco se fueron saliendo, unas porque se casaron y otras porque simplemente ya no pudieron asistir.

En una de esas me quedo yo sola en el coro entre 8 a 11 hombres, y aunque no me importaba ser la única mujer, porque yo le cantaba con mucho amor a Dios, me encantaba que se podía distinguir mi voz entre tanto hombre y eso me llenaba de mucho gozo y más se elevaba mi voz. Recuerdo que en una práctica cuando estábamos ensayando, me dijo el maestro que no cantar tan fuerte, pero así es mi voz, hasta para platicar es muy fuerte. Cuando íbamos a tocar a otros lugares en conferencias; retiros familiares, de matrimonios o de jóvenes y conciertos, cuando el ingeniero afinaba y ajustaba el equipo de sonido y los micrófonos, todos los ponía 5 o 6 de volumen y el mío me lo ponían al 3. Era chistoso para mí porque así, aunque era el más bajo, los alcanzaba.

Siempre me pasó eso, cuando trabajaba en la radio igual, cuando estaba en cabina al aire solo un poquito le subía, cuando los compañeros siempre a la mitad o más arriba. Mi mamá y hermanas dicen que hablo gritando, pero no es así. Después en el coro entraron otras jovencitas a participar, ya éramos más mujeres, pero aun así, mi voz se podía notar. Seguía cantando con todo mi amor y todo gusto. Siempre me comprometía en alguna actividad, ya fuera de animación, entretenimiento, comida o ventas. Pero al moverme a la ciudad de Dallas, dejé de hacerlo, aunque también en Dallas participaba en algunas actividades en Catedral. Yo extrañaba la iglesia de San Miguel Arcángel de Mount Pleasant, la iglesia que me vio crecer desde niña. Aunque ya no asistía a los grupos, ni al coro, ni ministerio, siempre que tenían un festival, congreso, retiro de jóvenes o cualquier otra actividad, de una manera u otra me hacía presente, ya fuera en trabajo o en donaciones.

Para mayo del 2016 se organizó un carnaval muy grande que nunca habían hecho, lo iban a hacer en grande y hasta los juegos pirotécnicos de la feria irían. Primer carnaval de la iglesia estaba muy sonado, lo anunciaron por todos los medios. Para eso, uno de mis cuñados era uno de los encargados de todo el evento, solo eran él y un americano, los encabezados del esperado carnaval. Aunque ya no vivía ahí, en ese pueblo de Mount Pleasant, me ofrecí para ayudar y contaran conmigo para los cuatro días que sería el carnaval, mi cuñado me acomodó en un puesto de tacos, sería la cajera, cocinera o lo que hiciera falta. Pedí permiso en mi trabajo los cuatro días, para ir a ayudar. El carnaval se había organizado para comprar un terreno y hacer una iglesia más grande, y para construir un cementerio, con lo cual todo el pueblo andaba muy emocionado para obtener ese terreno y sacar todos los fondos necesarios para poder comprarlo.

Un domingo, al ir a visitar a mis padres, me reúno con mi cuñado Sergio y me dice todo lo que ya tenía organizado: diversión, comida, animación y entretenimiento; tenia de todo y muchos artistas, bandas y hasta un mago, y le dije: "¡oye!, veo que ya tienes todo para animar a los adultos" y le digo, "¿y para los niños que tienes?"; y me dice: "pues va ir un toro mecánico"; y le digo: "No, pero algo mas así como para que los emociones y los entretenga, y tengas variedad"; y me contesta: "No pues, no tengo nada. Quizás pongo a alguien que regale globos"; le digo: "¡Oye!, ¿qué te parece si te consigo a alguien que te ayude en los tacos en lo que me toca hacer en mi lugar, y yo me visto de payasita y te hago un show?"; y me dice: "No Andrea, no hay tiempo, ya es domingo, solo faltan tres días para el carnaval, empieza el jueves y tú no estás lista, ni vestido tienes"; le contesté: "Tu solo dame luz verde y yo me encargo de todo, vestuario, animación, premios y regalos"; no muy convencido dijo: "No creo, pero bueno, creo que es buena idea pero ya tengo toda la agenda llena, empieza el jueves a las 2 de la tarde, los artistas empiezan a las 5, así que bueno te daré la oportunidad alístate pues para. las 4". "¡Listo!", contesté emocionada. "Ahí estaré, ya verás que se divertirán, te haré un buen show, confía en mí". Me dijo: "Avísame si conseguiste el vestido y que nombre te vas a poner para anunciarte". "Si yo te aviso", contesté muy segura de mí. Para eso ni sabía ni como me iría a llamar como payasita, solo contesté: "Si claro, yo te aviso".

Para el martes le mandé un mensaje diciéndole: "Ya tengo todo listo, no solo el vestuario de payasa, si no también premios, tengo muchas cosas, ya quiero que sea el jueves para ir a animarte el evento". Le avise todo lo que ya tenía y le hice un pequeño resumen de lo que expondría en el show. Compré de todo: Premios para los adultos y los niños, muchas cosas dulces, pelotas, juguetes, hasta cacerolas y herramientas para los señores, busqué quien me patrocinara los dulces para tener bien animado y surtido mi show.

Finalmente se llegó el jueves y cuando voy a llevar mis cosas y conocer el lugar me dice mi cuñado: "Te necesito ya lista, aquí a las 3:30, porque tú vas a ser la que va a abrir el escenario". ¡Ufff! eso me prendió y me emocioné más de lo que ya estaba, me fui a mi casa y me empecé a arreglar a lo que me imaginaba, porque ni idea tenía como se maquillaba un payaso, y aunque no era lo adecuado que un buen payaso llevara, no me importo y me empecé a arreglar. Unas cosas las compré, otras me las inventé y otras las cocí, y las pinturas muy corrientes, pero nada de eso me importó, yo estaba enfocada en que iba a divertir a los niños y dije: "Si uno anda haciendo ridículos en otros lugares del mundo, porque no hacer el ridículo para algo que valga la pena, y que mejor con niños y para Dios, el que nos da todo". Ni me interesó que tan fea me iba a ver. Casi al terminar de arreglarme viene mi papá a mi cuarto, toca la puerta y susurra junto a la puerta: "Tu mamá ya se fue al festival, pero yo te voy a esperar, yo seré quien te llevará para que llegues derecho al escenario y no andes batallando en buscar parqueadero".

Eso me dio mucho gusto y me sorprendió que mi papá me dijera eso, nunca lo imaginé, siempre andaba ocupado en sus cosas. En fin, seguí arreglando mi maquillaje. Al terminar pues sí, así como me había dicho mi papá ya tenía la camioneta con el motor en marcha, ya encendida para irnos y con el aire acondicionado a todo lo que daba para que no sudara. En el camino mi papá iba muy contento, cantando sus canciones de Ramón Ayala. En una de esas paró de cantar y me dijo: "Habló tu hermana Emilia, que ya te están esperando, ya te están anunciando y hay mucha gente a pesar de que llovió". Me empecé a poner nerviosa pensando: «¡Híjole!, a lo mejor voy a hacer el ridículo y se van a reír de mí. Van a hacer burla y me voy a sentir muy mal. Y si va fulano, mengano y perengano…»; pasando miles de cosas por mi cabeza. «Mejor no iré, pero ¿qué hago?, ya le dije a mi cuñado que sí».

Iba en el camino muy nerviosa, pidiéndole a Dios que lloviera muy fuerte para que se cancelara, pero no sucedió así. Al acercarnos a la feria se escuchaba mucho ruido, música y el bullicio de la gente. Empecé a ver el parqueadero con muchos carros y sí, había mucha gente, aunque en el escenario donde me presentaría había muy poca gente, pero mi cuñado en cuanto miró que íbamos entrando, me empezó a anunciar. Ya que nos dieron el pase los de seguridad hasta el escenario, la gente empezó a acercarse, al escuchar que mi cuñado decía que ya había llegado la payasita Andy, así le había dicho que me llamaría, payasita Andy.

Finalmente me bajé de la camioneta y antes de subir al escenario, empecé a tirar collares de diferentes colores y regalar paletas al público para romper el hielo e ir deshaciéndome de los nervios. Cada vez iba aumentando la gente y pues, más nerviosa me puse porque todavía ni me ponía de acuerdo con mi cuñado, me anuncio mucho antes de lo acordado y ya ni tiempo medio de decirle que yo traía mi canción de entrada, si no que así me aventé al escenario. Al subir me dio el micrófono y me dijo: "Aquí está el micrófono, el escenario es tuyo. Tienes una hora para hacer lo que quieras en tu show", y me impacté, si habíamos dicho que solo 30 minutos, ya no hubo tiempo de explicarme que el otro grupo le había quedado mal, así que empecé mi show que, de los nervios, todo lo que tenía planeado se me olvidó.

Empecé a darles la bienvenida, regalando pelotas e invitándolos a disfrutar, ya que yo les traía muchas sorpresa, regalos y premios, hasta dinero en efectivo. Empecé con un concurso y así me fui desenvolviendo poco a poco, y me fui ganando al público. Que ni cuenta me di cuando se me fueron los nervios y la hora se me pasó muy rápido, tuvo que irme a decir mi cuñado: "Ya termina, porque ya te pasaste 5 minutos de la hora y sigue el tamborazo". De tan emocionada que estaba y el público bien prendido, ni cuenta me di que ya se me había pasado el tiempo. Terminé y miré que la gente, al igual que yo, estaba muy contenta. Tal parecía que si se divirtieron con el show. Y me dije: «Valió la pena hacer el ridículo».

Rápido me fui atrás y me metí debajo de una mesa que yo misma preparé para retocarme el maquillaje, porque en el show todo el maquillaje se me deterioró con el sudor, aparte que todo el sol estaba dándome de frente, y no quería bajar del escenario con todo el maquillaje destruido, por si alguien se quisiera tomar una foto. Rápido subió mi cuñado y me dijo: "La gente te está esperando abajo para que te tomes fotos con los niños, pero aquí al lado esta una americana que quiere hablar contigo antes de que bajes". Contesté muy emocionada: "Sí, diles que ahorita bajo". Mi cuñado me felicitó y me dijo: "Andrea, estuvo muy divertido lo que hiciste, prepárate otro show para las 8, me canceló otro grupo", y sin recibir respuesta mía, mi cuñado se fue. Esa era ya una orden, que a las 8 tendría que estar nuevamente en el escenario. Eso fue muy alentador para mí. Para eso llega mi amiguita Rosi, estaba conmigo echándome porras y ayudándome a acomodarme el vestido y todos los accesorios para bajar a recibir a la americana que quería hablar conmigo, y al público que quería fotos.

Al bajar del escenario se acera la americana y me da un abrazo, y muy contenta se presenta, dijo: "Soy Heather, me encantó tu show". Y dije entre mí: «¿Se estará burlando?». Muy gentilmente me preguntó: "¿Cuánto tiempo tienes haciendo esto de payasita?"; Y me reí, contesté preocupada: "¿Por qué me preguntas eso?, es la primera vez que lo hago, no te rías de mí, mira me estoy derritiendo, ni mi maquillaje ni el vestuario son los adecuados". Se sorprendió y me dijo: "Pues lo hiciste muy bien. Yo no entiendo nada español, pero pude ver la cara de la gente y como los tenías de divertidos. Pude tomar fotos", y me las enseñó en ese momento diciéndome: "Mira cuando empezaste no había mucha gente, había muchos lugares solos, y mira cuando terminaste estaba lleno", continuó: "Tú tienes talento, porque no te dedicas a esto, puedes ganar mucho dinero. Si quieres yo te puedo ayudar, soy la payasita Violeta, es un arte muy hermoso y noble".

Ni yo sabía que ese día me había abierto una puerta que me cambiaría la vida. La americana me dice: "Este es mi número. Háblame y yo te voy a ayudar a que seas una payasita profesional". Solo le dije que yo le hablaba, pero no me interesó, yo le dije: "No sé, te hablo, yo no me dedico a esto, yo tengo mi profesión de asistente de médico forense y me va muy bien, no sé si quiera ser payasa". Toda la tarde la americana no se me aparto, yo no encontraba la forma como decirle que se fuera y que se ocupara en lo que ella andaba promocionando, algo de un colegio; pero no, ella se plantó toda la tarde y noche hablándome y dándome páginas web de unas y de otra, y solo le decía: "Sí, sí, las buscaré, gracias". Ella quería que ya casi en el momento me informara para prepararme cuanto antes, al final me resigné que no se desapartaría de mí. Ella muy amable me organizaba la gente para las fotos y se tomó unas cuantas conmigo, lo cual las publico en su página de Facebook e Instagram.

Se llegó el tiempo que tenía que subir al escenario nuevamente y ya ahora, había mucha más gente, no quise hacer algo complicado para que no la fuera a regar. Empecé a regular Pelotas con dinero que les había pegado para empezar a romper el hielo, después hice un concurso de niños y de señores, y al final les canté una canción, algo que era muy chistoso porque le cambié toda la letra al Pavido Navido y les dije: "Hoy en día ya cualquiera canta, si la chiquis canta, si aquí cualquiera se sube a cantar, yo porque no me he de echar mis gorgoritos". Todo el público se rio de mi horrenda y chistosa canción, que en ese momento distorsione. Al terminar empezó el baile y mi papá muy orgulloso fue y me sacó a bailar. Me bailó por toda la pista, nunca pensé que no le daría vergüenza andar bailando conmigo, yo vestida de payasa. Después mi cuñado bailó conmigo una cumbia, y al final me subió al escenario a bailar y animar a la gente con el grupo que estaba tocando.

Ese día termine rendida, pero muy emocionada, la gente me empezó a felicitar y mi cuñado se acercó y me dijo: "Así lo vas a hacer los otros tres días que faltan, a las 4 y a las 8, prepárate. A la gente le gustó la payasita". Esa noche ya no aguantaba más, me sentía muy agotada, me fui antes de que terminara y en el camino iba agradeciendo a Dios que le había gustado a la gente. Esa noche no podía dormir de la emoción de todo lo que viví y de la respuesta del público, la gente se había divertido conmigo, yo no me había sentido tan contenta y feliz por muchos años, como ese día.

Sin darme cuenta, ese día me cambio la vida y volví a sonreír más fuerte que nunca. Salió la niña que tenía encerrada en mi cuerpo. Finalmente fui cubriendo los otros días con diferentes juegos y concursos. Al terminar el ultimo día, al llegar a casa mi papá, me dice: "¡Oye! La gente me preguntaba que quien era la payasita, porque andaba conmigo y porque bailamos. Yo les dije que eras mi hija. Me preguntaban que cuánto cobras, que quieren contratarte". Yo le dije: "¿Usted les dijo que yo no me dedico a esto? Solo lo hice para la iglesia"; mi papá contestó: "Si les dije, pero quieren hablar contigo, porque quieren que les animes su fiesta para el otro fin de semana y me dieron su número, porque quieren que les hables". Me metí a mi cuarto a quitarme todo y desmaquillarme y prepararme porque tenía que regresarme a la ciudad de Dallas, ya tenía que trabajar al otro día lunes, bien temprano.

No volví a Mount Pleasant hasta dos semanas después y mi papá volvió a sacar el tema otra vez, de que la gente le seguía preguntando por mí y yo le dije: "También la americana me ha estado llamando, que quiere verme y que cuando viniera a Mount Pleasant fuera a su casa para platicar, que tiene planes y buenas proposiciones que ofrecerme". Mi papá me dijo: "Oye, pues habrías de ir a ver que te dice la americana, y si dice que ella te va a preparar pues ve y te dedicas los fines de semana a esto, como un hobby, vienes y nos visitas, y en una que otra fiesta y te ganas dinero extra. Ve con la americana, yo te ayudo cuando vayas a las fiestas, yo manejo a donde te contraten, aquí en el pueblo y sus alrededores".

Eso me emocionó, que mi papá me dijera eso, ni él ni yo nos imaginamos hasta donde me podía llevar el ser payasita. Mi papá, otras ocasiones, cuando trabajaba en los medios de comunicación, le tenía que rogar para que me acompañara. Eso era demasiado extraño, escuchar esas palabras de mi papá, que él me apoyaba. Muy contenta le dije: "Papá, ¿estás seguro de que me ayudarás?", dijo: "Sí, yo te apoyo. Ve y busca mañana a la americana"; contesté sorprendida y con gusto: "Ok, papá. Lo voy a hacer por usted, deje le hablo a la americana para decirle que estoy aquí en Mount Pleasant, para ver si me puede atender mañana". Ese día era sábado, como a las 8 de la noche. Marque a la americana y rápidamente contestó, muy gentil y emocionada dijo: "Sí, mañana nos reunimos a las 4 de la tarde". Ya llegándose el domingo, llegué al lugar donde nos quedamos en ver, tanta fue la información que salí del lugar a las 10 de la noche, ya con otra mentalidad diferente a la que ni yo misma sabía que podía desempeñar. Esa noche permití que la payasita entrara a mi vida, más por la motivación de mi papá. La semana siguiente la americana me mandó a una clase especial de puros payasos para prepararme, claro todas las clases y utilerías yo tenía que pagarlas y comprarlos. En mi primer taller de payasos encontré mi vestuario y un súper payaso Tiro Loco de Monterrey y el payaso Chatito de Zacatecas, ellos me ayudaron a buscarme todo el vestuario que necesitaba, maquillaje adecuado y una hermosa nariz que me encontraron justamente a mi estilo y medida.

Ese día estaba más segura que nunca que me dedicaría a ser payasita, ya no había dudas en mí. Me hicieron una persona muy diferente, que estaba encerrada y dormida por años y años. Esos dos payasos profesionales me ayudaron a despertar y encontrar esa payasita y niña que estaba escondida. Me maquillaron y vistieron con todo el equipo profesional, que ni yo me conocía. Me dejaron muy bonita. Llegué a casa y lloré de la emoción, de lo bonita que me habían dejado, no quería ni quitarme el maquillaje. Me veía y me veía una y otra vez en el espejo, no podía creer lo que había en mí y que por medio de ese maquillaje podía llevar alegría a la gente, especialmente a los niños.

Al mes siguiente la americana junto con Chatito, me conectaron con otros payasos y con la ayuda de Chatito me voy a concursar a Los Ángeles, California; y conocer Hollywood, el lugar más tentador de todos los artistas en cine. Ahí aprendí mucho más y exploté todo lo que traía adentro. Pude conocer a personas muy lindas y de grande trayectoria de payasos. En los concursos, aunque era la competencia con payasos de muchos años, otros nacieron ya en familia payasa, y otros que tenían 4, 6, 8, 10 años, y otros toda su vida; así me inscribí a competir, eso no me detuvo. Aunque yo tenía un mes de payasa no me intimido ni me importaba, sabía que no ganaría pero quería meterme a los concursos para que los jueces me ayudaran a crecer con sus críticas y consejos, y saber dónde me faltaba más y dónde le quitaba para mejorar lo más pronto posible en mi payasita.

Ese congreso de Los Ángeles en el 2016 fue para mí como un cuento de hadas. Aunque no fue tan fácil enfrentarse a unos jueces tan importantes y con reglas muy estrictas, me ayudaron mucho y me trataron como reina. Me sentía una niña en un sueño, no quería que ese congreso se acabara. Al ver tantos payasos y conocer al mago Frank y su Conejo Blas, no puede contener las lágrimas. Lo que yo había visto de niña en televisión, lo tenía enfrente de mí y más que eso, pude convivir con él. El mago Frank me apoyó mucho, fue uno de los primeros en brindarme su cariño y hacerme sentir como reina. Me dio muchos tips para desenvolverme más. Me animó a hacer ventriloquia con una ardilla, así como él lo hace con el Conejo Blas. Él mismo escogió la ardillita, ya que había otros animalitos, pero él dijo que la ardillita iba con mi personalidad, y hasta una foto me tomo con la ardillita para que viera yo que si combinábamos y me quedaba bien.

Conocí a magos y payasos que me abrieron las puertas, no solo de su corazón si no de su casa. A Bobo, Sily, Kokies y Cande, me trataron como reina y muchos compañeros más, se convirtieron en personas muy, pero muy, especiales para mí, que hasta la fecha sigo en contacto con ellos. Nunca olvidaré esa hermosa experiencia que me hicieron pasar. Al concurso solo iba por 4 días y me vine quedando casi 2 semanas, sin importar que no me habían dado permiso en mi trabajo. Esos días me la pasé genial, como nunca. Momentos que hay que aquilatar.

En esos días me decidí a cambiarme el nombre artístico, porque no estaba segura de llamarme Andy como payasita, porque había muchos Andys y ya estaba muy quemado ese nombre. Le pregunté a Bobo, Sily y Chatito en camino del aeropuerto al congreso, que tenía tres nombres uno era Payasita Feliz, otro era Cotorrita, y otro era Keshiz Tosa, o que si me quedaba con el de Andy. Les expliqué porque quería uno de esos tres y decidieron que me quedara con el de Keshiz, y así fue así me quedé con el nombre. Esa experiencia me ayudó a olvidarme por todos los momentos que había pasado en problemas, tristeza y desánimo; y vivir esa violencia que me orilló a pensar en quitarme la vida. Esos maravillosos momentos que la llegada de la payasita me trajo, fueron como la recompensa cuando estaba sufriendo a causa el abuso. Decía: "Gracias Dios, porque me has recompensado con personas que de verdad me hacen sentir importante y valoran lo que soy". A partir de ahí me fui preparando más y a hacer un poco de todo.

LA LLEGADA DE MIS PERSONAJES

Decido darle vida a la payasita Keshiz y a otros personajes que me llenan de vida, pero la payasita fue la que dio vida a los otros personajes en comedia y parodia como:

Pedro el Enamorado: un hombre ranchero y muy enamorado. Nace el nombre de Pedro por un apodo que mis hermanas me pusieron cuando tenía una fuerte tos y que tocia como ese muchacho conocido de ellas llamado Pedro y porque siempre arremedaba a un tío de mi mamá y un primo de mi papá, como hablaba y me salía igualita la voz.

Donas Socorro: Una viejita antigua, religiosa, pero muy vanidosa de 78 años que se quiere hacer la lipo y quitarse las arrugas para verse de 30 años.

Nea la Chamagosa, como "Naca".

El Cholo: Por un apodo que me pusieron mis tíos, prima y mi hermana Ángeles y aunque cuando era niña me hacían llora por las críticas, apodos y bullying, ahora le sacó provecho y gano dinero.

Mimí la ardillita: Donde hago la voz de niña, que es el nombre que le puse cuando el reconocido Mago Frank y su conejo Blas, ya que él me animó a que hiciera ventriloquia.

Todos ellos con voz diferente, según sea el personaje, aunque lloraba mucho porque me hacían Bullying, ahora le saco sentido y dinero

El hacer esto me llena de alegría y me hace descubrir cada día sentimientos que ni yo sabía que existían. Como payasita me reúno con otra compañera y vamos a visitar a los enfermos en los hospitales, a acilos de ancianos, cárceles y con los niños que padecen de cáncer. Esto me gusta porque voy a llevar la medicina del alma, donde hay tristeza y hay dolor yo llevo la medicina del alma, y eso me llena de mucha paz. Se le puede llamar riso terapia, no sabía que potencial tiene hacer sentir bien a un enfermo con tan solo sacarle una sonrisa en medio de sus malestares, sufrimientos y dolores. Esto para mi es grandioso, me hace sentir muy feliz el poder aliviarle sus malestares aunque sea por un momento.

Recuerdo ir a visitar a una niña cuando tenía cáncer y al conocerme ella quería que la payasita no se fuera, quería que yo no me fuera de su lado, decía que cuando estaba conmigo no sentía dolor, que ella me quería para que siempre estuviera a su lado, me partía el alma cada vez que tenía que irme al verla como lloraba porque me iba, eso era muy triste pero a la vez me daba gusto que yo tenía un propósito aquí, tan solo con mi presencia y detrás de ese disfraz existiera yo. Me sentía contenta de poder decir: "Sirvo para algo. Gracias Dios por todos estos momentos que me das licencia de vivir". Le pido a Dios me de sabiduría para saber que decir y que hacer, para poder ayudar bien a estas personas que están tan necesitadas de amor y cariño, que yo sea un instrumento para darles un consuelo y les haga olvidar su dolor, sus penas y sufrimientos, que les haga aliviar y olvidarse de todos sus males.

Estos sentimientos y momentos que estaban dormidos en mí, y me llevan a otra dimensión, son más satisfactorios que mil dólares en la mano. Tampoco lo sabía, ni por la mente me llegó a pasarme hasta que me decidí a hacerlo, que uno pudiera aliviar a un enfermo con solo sonrisas es increíble. Todo esto me ayuda a disfrutar con gran felicidad y plenitud de la vida, y que cuando vienen dificultades ya no me siento tan mal porque sé que otras personas están luchando entre la vida y la muerte. Y rodeada de estos personajes que como si fueran personas que están conmigo, como amigos he hecho tan creíbles y muy míos, como si fueran reales, me cambian la actitud completamente. Cuando hay tristeza y hay dolor queriéndome derrumbar, estos dones me levantan.

Disfruto tanto lo que hago y le agradezco a Dios por darme estos dones y talentos que amo con todo mi corazón. Al subir al escenario con estos personajes siento como si estuviera viviendo otra vida que no es la mía, me meto totalmente en cada personaje en escena, no como Andrea Flores sino como el personaje que me toque desenvolver en ese momento. Siento que esto no es todo, todavía me queda mucho por descubrir y brindarle a los demás, cada día me vienen más y más ideas y planes, que Dios me permita poder hacerlos y compartirlos con todo mi amor con los demás, el compartir y convivir con la familia y con otras personas no tiene precio. Si muriera y volviera a nacer quisiera esta misma vida que Dios me ha dado licencia para disfrutarla a cada momento, las etapas y situaciones por muy fuertes, dolorosas, tristes o divertidas que sean me han hecho crecer como ser humano y valorar más a los seres que amo.

Tengo presente una clase de actuación con un extraordinario maestro llamado Facundo en marzo del 2017, Él me dijo que yo tenía sentimientos y muchos talentos escondidos y otros dormidos. La experiencia que tuve en una de las clases me dejó muda por unos minutos por lo sorprendida que estaba con lo que sentí y viví, yo iba siempre muy dispuesta a aprender y muy atenta a todo lo que el maestro dijera, no quería que nada me distrajera me puse una disciplina que no hablaría para nada a menos que fuera necesario, algo que era raro en mi porque yo hablo hasta dormida. Tuvimos una dinámica, llamó al centro a un compañero y enseguida me dijo a mí para que nosotros empezáramos a hacer el ejercicio y después los demás lo hicieran como nosotros, se me hizo extraño que me llamara a mí ya que en la clase habían más chicas y una muy sofisticada que siempre quería pasar al frente sin que la llamaran y siempre quería ser el centro de atención de todos, incluso hasta en su forma de vestir, iba casi en traje de baño y cuando nadie la pelaba se tiraba al piso en medio de todos y del maestro, y aunque él era muy estricto y a cada rato la regañaba a ella parecía no importarle.

El maestro explicó lo que haríamos finalmente y nos llevó a un momento de concentración muy profundo y mental, nos puso hacer una actividad con los ojos cerrados, de repente empecé a llorar sin saber por qué, y escuchaba que los otros dos compañeros también lloraban y cuando nos pidió que abriéramos los ojos me asustó con su mirada y se dirigió a mí, yo como que no podía ni hablar de la sensación mágica que todavía sentía porque él cuando nos dirigía con sus sonidos, palabras y olores como de naturaleza, yo sentí que iba volando, algo muy increíble y extraño y él inmediatamente que abrimos los ojos me preguntó primero a mí y a otro compañero que nosotros dijéramos lo que sentimos y por qué lloramos, yo no podía ni hablar, todavía sentía esa vibra y sensación como si no estuviera en el piso.

Tal vez, al contar lo que yo experimenté, algunos compañeros no me creyeron y susurrarían que estaba loca, pero no fue un sentir especial y fue ahí donde descubrí al despertar no solo a sacar nuevos talentos sino a darle vida a los que ya tenía y a ser más madura con mis comportamientos, porque al mirar a esa chava portarse así como una niña caprichosa que siempre quería hacer lo que le diera su gana a pesar de las reglas y disciplinas estrictas, al maestro Facundo siempre quería distraerlo, en una de esas si la sacó, le dijo: "Si te sientes mal vete a recostar a otro lado, no aquí en medio de nosotros, levántate y vete una esquina o a tu carro". ¡Uff!, que fuerte, todos nos veíamos como diciendo que pena. Aprendí que en el camino uno se encuentra de todo tipo de personas, pero debemos identificar y aprender de cada uno que se nos cruce en nuestro camino para ser mejores seres humanos, ya sea que sean de buena, mediana o mala calidad. De todos debemos aprender y aplicar lo que nos ayude para bien y un buen vivir.

Abuso Intrafamiliar

Es un concepto utilizado en el convivir con la familia, aquel que es la víctima no exactamente sufre físicamente, sino también emocional y sentimentalmente. Se manifiesta en las personas muy calladas, el sentirse menospreciadas por sus propios padres y en ocasiones, ser rechazadas, ignoradas, humilladas y mantenerse aisladas de todo y sobre todo con un bajo autoestima. Este tipo de abusos sucede con las personas más cercanas como tus padres, hermanos, tíos, primos y abuelos. Las señales que podemos identificar en un abusador están en su comportamiento, en su manera de expresarse, en sus afectos grotescos, vocabularios obscenos y muy violento, con una autoestima de prepotencia, arrogancia, el querer tener todo bajo su control y el no saber controlar sus impulsos. Esto les pasa a personas que llevaron una vida de maltrato físico por parte de su entorno durante su infancia. Las víctimas de violencia familiar suelen tener en común características tales como: ser sumiso, ser inseguro, igualmente de una baja conducta, ser absolutamente una persona conformista con lo que creen que les toca vivir. También fácilmente se enredan en problemas o malos entendidos, eso muestra qué entorno vivió o tuvo en su casa.

Mi Llegada A La Familia

Nací en un pueblito chiquito de Zacatecas México, llamado San José de Buena Vista, Chalchihuites, Zacatecas. Lugar que significa Chalchihuites, piedra preciosa, por todas sus minerías de oro y plata que lo rodean. Nací con la bendición de una hermosa y humilde familia, alegre, unida y sencilla, rodeada de gente hermosa y paisajes muy agradables y hermosos como el rio que pasaba enfrente de mi casa donde pasé increíbles horas y horas jugando y nadando en aquel hermoso rio de agua limpia y cristalina, y aunque no era una familia muy grande y no teníamos riquezas, pero tampoco nos faltaba lo necesario, éramos felices.

Mi mamá nos crió con mucha disciplina, respeto, valores, humildad y amor, ella no permitía que nos peleáramos entre hermanas y cuando por equis motivo alguien salía llorando, que casi siempre era yo, nos hacía pedirnos perdón, nos asustaba diciendo que nos iba a comer la tierra, que no era bueno pelear o desobedecer a ella o a mi papá y menos si nos íbamos a dormir enojadas, teníamos que ir a la cama contentas y agradecidas con Dios por un gran día maravilloso que nos regaló. porque si no la tierra se abriría o nos iba a llevar el diablo, dichos antiguos, pero le funcionaban para calmarnos y vivir en armonía. Mi mamá es buena, noble, humilde, amorosa, trabajadora y muy respetuosa, nunca se mete con nadie, nunca tuvo ningún conflicto ni problema con nadie, ni de la más mínima cosa.

Toda la gente que la conoce la respeta y la quiere mucho, hasta la fecha donde quiera que va la aprecian. Agradecida con Dios por darme un hermoso ángel como mamá que sin ella no sé qué sería de mí, sin su disciplina, enseñanzas, valores, respeto, consejos, jaladas de orejas, sin eso yo no sería lo que soy ahora. Mi padre es un amor, sociable, alegre, fiestero y muy trabajador al igual sin el yo no existiera en este mundo. Mis padres crearon cuatro hijas y yo fui la más chica, cuentan mis padres que querían que yo fuera niño y que me pondrían el nombre de Andrés como mi abuelito, padre de mi papá; pero desafortunadamente para mis padres no nació ese niño tan esperado que todos querían y anhelaban.

Ellos se casaron al muy poco tiempo de haberse conocido ya que mi papá decidió raptar a mi mamá porque mi abuelo no la dejaría casarse con él, ya que en otra ocasión habían pedido a mi mamá para casarse y mi abuelo no la dejó, negándole toda posibilidad de casarse y no le concedió la mano de mi madre al novio que mi mamá amaba con toda su alma y por muy enamorada que estuviera de aquel muchacho guapo y fino, de caballo blanco y aunque fue a pedirle matrimonio como Dios mandaba y con las reglas de nuestros antepasados, mi abuelo no lo aceptó y lo corrió con todo y padres, decía que el decidiría con quien se casaría mi madre no ella ni nadie, Mi mamá se tuvo que tragar ese amor en silencio y dejarlo ir aun los dos queriéndose tanto, cruelmente los separaron y no pudieron hacer nada para defender su amor para casarse, para mi madre fue muy difícil superar eso, tener que aguantarse y soportar a un padre machista, egoísta y cruel. Mi madre sufrió mucho al tener un padre tan inhumano.

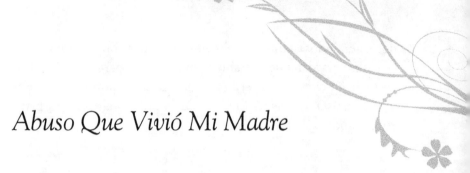

Abuso Que Vivió Mi Madre

En el entorno, cuenta mi madre que mi abuelo los trabajaba de sol a sol y con muy malos tratos, con gritos y golpes y palabras obscenas, me contó que un día llegaron de trabajar de la labor donde fueron a sembrar maíz y frijol por todo un día, muy lejos caminando una hora y media, al regresar ya casi oscureciendo como no se veía muy bien uno de los hermanos de mi mamá se cayó a un pozo de agua y al sacarlo todo asustado y a punto de ahogarse casi inconsciente, mi abuelo lo agarro a golpes diciéndole malas palabras que era un inútil, que no se fijaba ni por donde caminaba, que era un tonto y torpe y no servía para nada y aunque mis tíos se lo quitaron para que ya no lo siguiera golpeando no paraba de insultarlo, después con el trauma y susto que no podía superar y que además con tanto golpe se puso muy enfermo, y mi abuelo así lo llevaba a trabajar le decía que se estaba haciendo el enfermo para no ir a trabajar e irse a la calle de vago y flojo, mi tío cada día iba empeorando.

Llego un día que no pudo levantarse de la cama y no podía caminar, ya no tuvo fuerzas y cada día las iba perdiendo más, a los tres meses después de ese susto de la caída del pozo falleció, a la edad de 14 años. Del susto la sangre se le hizo agua y a pesar de que murió mi abuelo nunca reconoció su error y que por sus malos tratos él murió, quizás a lo mejor no tanto por el susto sino por como lo trató en vez de curarlo y darle cariño y amor, algo que mi abuelo no daría nunca. Tampoco reconoció ni aceptó que tenía que haber curado a su hijo y darle atención, sino que por su orgullo de macho mexicano siguió con su mal carácter con los demás hijos.

Mi abuelita era una santa mujer muy noble y humilde pero mi abuelo la trataba como animal, recuerdo que mi abuelita caminaba agachadita porque mi abuelo en una golpiza le había quebrado las costillas y como no había doctores ahí y ni tampoco quiso curarla que porque no había dinero, le decía a mi abuelita que era una escandalosa y de nada lloraba, que no aguantaba nada, mi tío murió y mi abuelita con sus costilla sin reparar por el abuso de violencia de mi abuelo; mi abuela así vivió por años hasta que mucho después murió a la edad de 81 años.

No me cabe en la cabeza los dolores físicos de mi abuela y su hijo que tuvieron que soportar sin ningún medicamento ni un abrazo de apoyo y amor. Mi abuelo ante las amistades era el hombre más bueno y muy trabajador que todos en el pueblo admiraban y bien portado con los demás, sobre todo con sus amigos y aunque muy en el fondo era bueno en la casa no faltaba lo necesario y sostenía los gastos, a pesar de lo terrible que era si atendía el hogar, era muy responsable tenia de qué vivir ya que sembraba trigo, papas, chicharos y uvas, además tenía huerta de duraznos, membrillos e higos que con ellos hacia dulces y cajeta o jalea para vender, también tenía granjas de panales de abejas donde cosechaba la miel que los mosquitos producían.

También tenía otra opción para ganar dinero y como sacar a la familia adelante. Le iba muy bien porque además con la cera de la miel hacía velas y las vendía; pero lo machista, violento, agresivo y controlador con su familia no tenía piedad y ni nada ni nadie le hacía cambiar su carácter y aunque para todo el pueblo fuera el mejor para mi madre, hermanos y mi abuelita no. Mi mamá llego a tenerle mucho miedo y resentimiento por mucho tiempo.

Mi madre no tuvo estudio porque mi abuelo era muy cruel y a los 12 años la inscribió a una escuela y en un mes tenía que aprender a leer, escribir y hacer cuentas y como no aprendió la sacó de la escuela humillándola y cada vez que podía le echaba en cara que era una burra y que no servía para la escuela, que se iba poner a trabajar y a encargarse de sus hermanos más chicos ya que era la más grande, que haría todo el quehacer de la casa y lavarles, plancharles, hacerles la comida y tortillas hechas a mano y todo lo que se necesitara sin escaparse de ir a sembrar a aquellos enormes terrenos.

Platica mi mamá que un día al servirle de comer al mi abuelo con los nerviosa que la ponía con tanto regaño, se le cayó el plato de comida al piso y se quebró; el abuelo enfurecido se paró, agarró los pedazos del plato y se los restregó en las manos y aunque eran de barro los platos, con la fuerza le hizo varias cortadas, sangraron sus manos. A mi mamá además le dijo: "Estas castigada por no fijarte lo que lo que haces", y de castigo se iría descalza al molino por un mes, mi madre me contó que era en tiempo de frío y tenía que irse al molino con una grande y pesada cubeta llena de nixtamal para molerla y hacerla masa para hacer las tortillas.

Se tenía que ir muy temprano y ella descalza iba quebrando el hielo con la planta de los pies, se le quemaron los pies con las ampollas que le salieron cuando iba caminando, se llenó de ampollas, era un inmenso dolor y ella se quería morir porque no soportaba el dolor; por donde iba caminando entre ramas espinosas, piedras y hielo, las plantas de sus pies empezaron a sangrar y así tuvo que irse todas las mañanas hasta que su padre le levantara el castigo, mi mamá vivió toda su niñez y su adolescencia entre gritos, golpes, humillaciones y llantos con una violencia sin fin y sin salida, por tanta crueldad mi mamá decidió irse con mi papá sin ser su novio con tal de salirse de ese infierno que ya no soportaba, y ver sufrir a su madre y sus hermanos a los cuales ella amaba y defendía de las garras del violento de mi abuelo y aunque le partió el corazón dejarlos tuvo que salirse de ahí y aprovechó la oportunidad que mi papá le ofreció, mi papá le mandó una carta con un amigo y a escondidas se la dio cuando mi mamá bajó al pozo por agua; al día siguiente mi mamá bajo al pozo por agua como cualquier día normal que siempre iba, pero ese día ya de acuerdo con mi papá por lo que habían acordado en carta y que el mensajero acordó, mi mamá ya no volvió, dejo las cubetas y se escapó en un caballo con mi papá.

Llegaron al pueblo, tomaron el primer camión y se fueron la ciudad de Culiacán, Sinaloa, y no volvieron hasta un año después bien casados y con una hermosa niña, mi hermana la mayor, Emilia;

y aunque no eran novios, llegaron a quererse y amarse. Al pasar del tiempo ya no era solo una, sino 4 niñas. A mi madre la vida le cambió con esas hermosas criaturas que Dios le concedió. Ya era muy feliz y se había acabado ese infierno. Empezaron desde abajo en una casita, muy humildemente, pero unidos, construyeron una casa grande al pasar el tiempo, y con mucho trabajo y esfuerzo, nos sacaron adelante como pudieron.

Mi papá era muy trabajador, muy cariñoso y sobre todo chistoso, pero su defecto era que tomaba mucho, era muy parrandero y amiguero. Él era de una de las mejores familias del pueblito, una familia bien acomodada y de buena posición, de una de las mejores familias se pudiera decir. Los padres de mi papá tenían muchos terrenos y muchos animales, y sembraban por muchas cantidades maíz, frijol, avena, chicharos, habas y calabazas; tenían vacas, caballos, chivos y borregos, entre gallinas y puercos. Pero lo fuerte para mis abuelos paternos eran los borregos, porque hacían cobijas con la lana que le quitaban a los borregos y las vendían.

Además, tenían un tocadiscos como ahora un DJ, tenían mis abuelitos DJ, que tocaban en todas las bodas, quinceañeras, bautizos y cualquier otra fiesta en todos los alrededores, ya que era el único tocadiscos DJ que había en la región para animar todas las fiestas. Así que mi papá era muy popular, y siempre tenía dinero para comprar todo lo que quería y bebidas para todos sus amigos. Él tampoco estudió, solo hasta cuarto grado, porque desde chico lo pusieron a trabajar en todas las propiedades que sus padres tenían. Además, se encargaba de cuidar y alimentar a los animales. Mi papá era muy sociable y le gustaba cantar, se juntaba con personas que sabían tocar cualquier instrumento para cantar.

Con la práctica, después cantaba con un pequeño grupo, le gusta hacer la segunda voz, se asoció con uno de sus mejores amigos, hicieron una pequeña banda y cantaban en pequeñas fiestas y en la iglesia en los rosarios de mayo y junio, pero a mi mamá no le gustaba que el cantara porque desatendía sus actividades como esposo y lo peor, que cuando regresaba de cantar con sus amigos, llegaba tomado y era muy desagradable para mi mamá tener que lidiar con todo el trabajo de la casa y todavía soportar las impertinencias de mi papá cuando llegaba tomado.

Después recapacitó, cambió, dejó de tomar y andar de parrandero con sus amigos y se dedicó a ponerse a hacer tabiques, adobes y ladrillos de barro para venderlos, y también para hacer su casa más grande y construir más cuartos, ya que sus niñas estaban creciendo. Cuando yo era la bebé, pues era la muñeca de la casa.

Mi Niñez

Como a los 4 años, mis hermanas empezaron a cambiar conmigo y no querían que me les acercara. La mayor hasta me pellizcaba si rozaba mi piel con ella cuando estábamos a punto de dormir, ya que tenía que compartir cama con ella. A mí me gustaba mucho jugar a las muñecas y a la comidita con ellas, pero ellas no querían jugar conmigo nunca. Aunque me sentía triste porque no me hacían caso, rápido se me pasaba. Yo era una niña muy alegre, feliz, disfrutaba cada momento. Además era muy servicial, iba a la escuela por las tardes y en las mañanas me gustaba ayudarles a las vecinas a lavar la ropita de sus bebés; además, hacerles los mandados. En lo que se llegaba la hora de irme a la escuela, me pagaban. Yo sin darme cuenta estaba trabajando, me fue gustando y le encontré el lado bueno de hacer los mandados.

En la cooperativa de la escuela le ayudaba a los maestros a vender comida y dulce a mis compañeras y todos los demás niños de la escuela; a mis compañeras no todos los días les daban dinero sus papás y yo me sentía contenta que yo siempre tenía algo que comer en mi recreo, aunque mis padres tampoco me daban dinero para comprar dulces, pero siempre traía dinero porque me pagaban por los mandados que les hacía a las vecinas.

A mí me fascinaban las muñecas, pues ya no gastaba todo el dinero que me ganaba, me aguante de comer dulces para comprarme una Barbie. A los 8 años me compré mi primera muñeca, ya que jugaba con las que mis hermanas habían dejado y eran de trapo, que mi mamá les mando a hacer con la viejecita del pueblo, doña Melia. Empecé a hacerle vestiditos y pues, cuando iba a jugar con mis amiguitas, las de ellas siempre traían de vestidos pedazos de periódico y solo las envolvían, pues como yo tenía más vestidos, les prestaba de los que yo le hacía a mi muñeca.

Un día, no sé ni cómo fue que decidí vendérselos, pero me quedé sin ninguno y ahora a mi muñeca ya no tenía que ponerle, fui a buscar a la costurera del pueblo y le dije: "Cuando tenga pedacitos de tela de los vestidos que haga, no los tire, regálemelos"; la señora muy amable, me juntó una bolsa grande de recortes y me los dio. Me fui muy contenta a casa, ya quería empezar a coserle nuevos vestiditos a mis muñecas, porque tenía mucho y bonito material para coser, me alegraba que tendría más para enseñarles a mis amiguitas, ya que eran telas de diferentes colores y estampados muy llamativos.

Así seguí cosiendo y surtiendo el guarda ropa de las muñecas. En una de las veces que fui por más pedacitos de tela, iba uno muy grande y decidí hacerme un short claro, que eché a perder la tela porque no tenía ni idea de cómo cortar una tela para hacer un short, y así sin forma lo llevé con la costurera para enseñarle lo que había hecho. La señora al yo platicarle y al ver mi terrible short, que parecía una pistola, empezó a reírse y me regañó cariñosamente, con tono chistoso dijo: "Niña, pero como se le ocurrió"; y mirándome como diciendo que niña tan traviesa y ocurrente, dijo: "Así no se hace un short". Me agarró de la mano y me llevó al cuarto donde tenía muchas telas hermosas para hacerle la ropa a la gente, cortó un pedazo y me preguntó: "¿quieres saber cómo se hace un short?"; le dije entusiasmada: "Sí, sí. Enséñeme"; y dijo: "Para hacer ropa no es tan fácil, pero yo la voy a enseñar. Pero para eso tienes que saber primero poner un botón y hacer ojales".

Me empezó a enseñar y así lo hice hasta que aprendí a poner botones y hacer ojales. Después me enseno a correr la máquina que se corría con los pies, algo que yo me sentía realizada porque, al correr una máquina de coser en casa de la costurera del pueblo a mi edad y aparte que no cualquiera entraba a casa de esa señora y menos una niña, porque la señora era recatada, estricta, no le daba el pase a cualquiera, de hecho, atendía a la gente por una ventana; me sentía grande y privilegiada porque ya sabía coser en una máquina.

A los 12 años me hice mi primer vestuario, claro con la supervisión de la costurera. La señora, de nombre Jesusita Moreno, se encariñó conmigo y nos hicimos muy amigas. Le gustaba que le fuera a visitar y contarle mis travesuras, a ella le encantaba mi compañía.

A los tres meses, empezó a darle clases a las señoras que fueran, para enseñarles a coser, porque el presidente le dijo que le pagaba para que le enseñara a la gente. Me puse triste y celosa porque ya no era la única y la señora ya no me hacía caso como antes, pero aun así, me defendía de las mujeres grandes. En una ocasión en una de las clases me robaron mis tijeras y fui a decirle a ella que alguien me había robado mis tijeras, ahí sentí que ella seguía siendo la misma conmigo, con voz indignada y furiosa dijo: "Nadie se va a su casa hasta que aparezcan las tijeras de Andreita", ya que así me decía siempre, me hablaba con mucho cariño. Eso me engrandeció, me sentí fuerte y me fortaleció fuertemente el saber que no estaba sola, pude ver que seguía ayudándome desde el primer día que me conoció.

Finalmente aparecieron mis tijeras, una señora que sola descubrió que las tenía en su bolsa las saco y me dio diciendo que alguien las puso ahí. Obvio, nadie, ni ella misma se la creyó. Seguí asistiendo a las clases y al principio yo era la única niña, pero después empezaron a ir tres más. Fui aprendiendo a hacer diferentes vestuarios y cada día más grades, hasta que aprendí a hacerles vestidos bien.

Empecé a coser ropa ajena a la gente: vestidos, pantalones, uniformes, delantales y cortinas. Llegué al punto que me hice mi propio uniforme, que hasta la fecha conservo de recuerdo. Pero al venirme para los Estados Unidos dejé de hacer ropa, ya que aquí me ocupé en otras cosas, entre la escuela, trabajo, practicas del coro, ya que en ese tiempo yo tocaba el pandero en el coro; y me fui olvidando poco a poco de la costura, aunque si me llegué a hacer unos cuantos vestidos más, para mis sobrinas y mis hermanas también, les hice el uniforme a todas las mujeres del grupo de oración para un congreso donde tocaríamos y queríamos ir parecidas, hice como 8 faldas. Fue muy satisfactorio para mi ver a mis compañeras de parecido y saber que yo les hice sus faldas.

Me sentía muy contenta y aunque no eran las faldas más hermosas, no podía creer que yo las había hecho. Hoy en día, con tantas ocupaciones, ya no hago nada de eso. Si se ofrece algo sencillo si lo hago, pero ya no para hacer ropa, por las ocupaciones que ahora tengo y no me queda tiempo, prefiero comprarla, ya solo le hago unos arreglitos si es necesario porque a veces vienen muy largos y anchas, o cualquier costura pequeña. Gracias a Dios ya ahora me es más fácil comprar que hacerla, aparte tengo más posibilidades que cuando era niña.

Pero eso no era todo lo que me hacía feliz, una niña muy completa y satisfecha, ya que tuve una niñez maravillosa y la disfruté al máximo. Otra de las cosas que me hacían sentir fuerte y respetada, fue que a mis 11 añitos, en la escuela primaria, entre todos mis compañeros escogieron 6 alumnos para la escolta y una de las vanguardia era yo. El que me hayan escogido a mí, y pertenecer todo un año en la escolta, fueron momentos inolvidables que me llenaron de orgullo y me sentía galardonada. Pasar la escolta primero, la que siempre habría camino y rendirle honores a la bandera, sentía que era una parte de esa bandera a la cual todo el mundo por donde pasábamos, entre los niños de la escuela donde cada lunes se le hacían honores y en los desfiles, todo el pueblo salía a rendirle honores.

Le honraban con su mano puesta en el corazón y cantando el himno nacional, le honraban cantando con respeto; eso era para mí un galardón muy valioso y en los desfiles, el pasar por en medio de tanta gente que se reunía en las calles, eran para mí momentos que valían oro y que llevo muy grabados en mis recuerdos con orgullo, y le agradezco a Dios por darme esa bendición siendo una niña a la cual todos le hacían *bullying* en la escuela. Nunca me hablaban por mi nombre, me pusieron un apodo y lo peor, que otros maestros también lo hacían. Me decían "cotorra" y para mi cada vez que me decían así, me sentía muy humillada porque yo decía que no era justo que me compararan con un animal así, lo sentía, yo por eso me hice en ese tiempo muy rebelde y peleonera. Peleaba con cualquiera que me faltara el respeto, que casi siempre eran los compañeros de mi salón.

El ser parte de la escolta recompensó todo lo que sufrí al soportar las burlas y maltratos de maestros y alumnos, ya que para el maestro yo no era una de sus preferidas y a mí me trataba mal, me castigaba feo en una esquina del salón y nos pegaba fuerte en las manos con el metro de madera, junto con dos niños más, me agarraba del cabello y me pasaba al pizarrón a hacer multiplicaciones muy difíciles, sabiendo que no las iba a hacer bien, y como no las resolvía me agarraba de la cabeza y me azotaba en el pizarrón dejándome la frente roja del golpe. También me pegaba coscorrones fuertes en la cabeza, me jalaba fuerte los oídos, me hacía llorar de lo fuerte que me los jalaba, y me los dejaba rojos de lo mucho que me apretaba y me jalaba; me aventaba los lápices, *sharpies*, y con el borrador. Un día si me atinó y solo sentí fuerte como me trono mi cabeza, porque el borrador era de madera con esponja. Yo me sienta muy humillada, era una niña de tan solo 8 añitos. De los 8 a los 11 así me fue con los compañeros y maestros.

Un día a mi compañerita no le dio permiso de ir al baño y la niña se hizo en la ropa, y todos los niños del salón se burlaron de ella. No decíamos a nuestros papás por miedo a que nos regañaran y no nos fueran a creer. Mi compañera y otro niño vivimos mucho tiempo las burlas, yo me hice muy peleonera con todo el que me quisiera hacer daño. Después, los compañeros al ver que ya no me dejaba, me dejaron de molestar y al cambiar de maestros, me pintó otro ambiente más armonioso en la escuela, ya que casi por 4 años me toco el mismo para todas las materias, porque no había maestros suficientes.

Después me enfoqué en ser buena alumna, ya que casi me expulsan por mi rebeldía, me ocupé más después de la escuela, que sin saber que trabajaba ya lo hacía, pues me ayudó a olvidar y darle rienda suelta a vengarme y ser rebelde. Aparte que los consejos de mi mamá me ayudaron a salir de la rebeldía.

Seguí haciendo diferentes manualidades y sacando más dinerito que ya le había encontrado el lado de cómo sacar dinero. Después llega la emoción de que se venía el día de mis 15 años y yo anhelaba una fiesta. Me empecé a portar bien y que mi mamá no tuviera ninguna queja de mí, porque si no en tres años que faltaban no me harían nada, que aunque cuando faltaba menos de 6 meses me dijo mami que no me harían nada porque no tenían dinero, ni manera de cómo festejarme.

Para eso yo le dije que yo tenía el dinero de lo que yo había ahorrado y era suficiente para solo mi vestido y la misa que solo era lo único que yo quería. Solo darle gracias a Dios por darme licencia de llegar a esa hermosa fecha que toda niña desea que se llegué. Y con mis trabajos, yo tenía el dinero para lo que ocupaba. Al poco tiempo mis papás me empiezan arreglar una visa para venir a los Estados Unidos y al llegar aquí todo fue diferente. Yo empecé a trabajar, aunque no tenía la edad, pero yo ya sabía lo que era un trabajo. He trabajado de todo. Desde muy niña, como les decía sin darme cuenta ya trabajaba.

¿EN QUE TRABAJÉ PARA SUSTENTAR MIS GASTOS?

Siempre fui muy luchadora, todo el tiempo estaba buscando diferentes entradas de dinero, cuando no hacía una cosa hacía otra, o cualquier cosa para sacar dinero extra de mi trabajo. Hacía pasteles, galletas o empanadas para vender, aunque fuera solo a las amistades más cercanas, o agarraba un trabajo extra. Siempre me ha gustado trabajar, he tenido hasta tres trabajos.

Trabajé en fábricas de producción de comida y atendiendo el personal, dándoles sus materiales, servicio al cliente, en florerías haciendo arreglos florales, recepcionista con un abogado, boutique reparando vestidos de novias y quinceañeras haciéndoles ajustes, en gasolineras, como cajera, en cocinas; radio, TV y periódicos como locutora, escritora, reportera, conductora y agente de ventas. En hospitales, asilos y clínicas, pasando medicamentos como cualquier otro cuidado que un paciente necesite, como enfermera médica (NMA, por sus siglas en ingles), dando la Medicina a los pacientes. Morgues y funerarias preparando cuerpos como asistente de médico forense, en oficinas preparadoras de impuestos y como notaria;

cuidando de niños con necesidades de aprendizaje especiales, ancianos y personas de cuidados médicos o que tengan alguna discapacidad.

En ocasiones hice pasteles para novias, quinceañeras, así como peinados, maquillajes, animaciones como conductor o maestra de ceremonia, o vocera. Madrina en las fundaciones Génesis y Manos Unidas como voluntaria para apoyar a las mujeres que sufren de violencia doméstica. También doy apoyo, charlas en grupos y conferencias en escuelas, iglesias, o trabajo con temas de superación personal y empoderamiento al ser humano que ha vivido violencia doméstica, como consejería o tutoría.

También si alguien lo necesita, hasta los hogares de personas que me buscan para darles apoyo voy, si es una emergencia o muy necesario. También en el 2003 para crecer mis ingresos, participé en algunos proyectos como inversionista. Aunque en algunos me robaron y otros no gane mucho, me empecé a enredar con empresarios grandes. En el 2012 y en el 2017 me fue súper bien. En el 2018 el proyecto se cae y perdí casi cuarenta mil dólares, algo que fue como el tiro de gracia, ya que eran ahorros que tenía para comprarme mi segunda casa, pero con la ilusión de multiplicarlos, me arriesgue y el proyecto no funciono. Me agüitó porque no eran mil los que perdí, aunque casi caigo en depresión por la decepción, pues sigo adelante tratando de recuperarme y agarrar vuelo otra vez. (Proverbios 13:20).

O como dice Alex Day: "Arriésgate. Si ganas, eres un triunfador; si pierdes serás más sabio". Y como yo siempre le digo a la gente, si no te arriesgas nunca sabrás si ganas. Y aunque no me fue divertido perder, he aprendido a ver de otra manera los negocios y ser más cuidadosa con cada centavo. Porque es ahí donde uno se encuentra los abusivos monetarios, ladrones con guante blanco que se acercan a uno con miel, proponiéndole el negocio del mundo, y eso de asociarse con alguien más no lo recomiendo.

Abuso material que vivieron mis padres

A la edad de mis 15 años, ya teniendo más conocimiento en las responsabilidades de mis padres, mis padres aparte de que atendían sus propios terrenos y propiedades, eran encargados de los terrenos de un hermano de mi papá, el cual mi padre era el capataz de todos los terrenos. Así que mi mamá era la administradora de todas las cuentas bancarias y la casa, así lo hicieron por muchos años, desde que yo tenía 3 años. Recuerdo como trabajaba fuerte en esos terrenos, nos íbamos a las 5 de la mañana y regresábamos muy tarde. Mis hermanas y yo nos divertíamos mucho cuando íbamos a trabajar al campo, no lo tomábamos tanto como que íbamos a trabajar porque éramos las sembradoras de maíz y frijol; y aunque mi papá contrataba trabajadores, nosotros las hijas no nos escapábamos de trabajar, desde que empezábamos a sembrar hasta que se levantaba la cosecha.

A mis 12 años me quedé sola con mis papás, dos de mis hermanas se habían ido a los Estados Unidos y otra se había ido a estudiar a Aguas Calientes, para ser maestra. Me fue más complicado tener que ir a trabajar a esos terrenos ya sola, sin mis hermanas, porque en ese lugar nos divertíamos mucho, era como ir de vacaciones a un lugar de cuentos porque habían muchas flores, arboles, mezquites que uno podía comer, esa rica fruta. Mezquites y chilitos que se daban en ese tiempo en que íbamos a sembrar. Además, pasaba un arroyo hermoso que nunca en mi vida he visto y una cantidad de agua enorme y limpia corriendo que, cuando terminábamos de trabajar, íbamos a bañarnos y jugar hasta cansarnos.

Era como la recompensa del trabajo que hacíamos, y además porque nos poníamos a atrapar tortugas y corretear a los conejos. Unos años después, empezamos a limpiar y a ponerle cerca a todos los terrenos y dejarlas bien limpiecitas, hasta para caminar descalzos en el propio monte, pero como por la temporada de sequía no se hace nada en los terrenos, un mal vecino al ver que ya mis papás no iban a chequear los terrenos, se fue apoderando de ellos y al punto de hacer escrituras falsas de que él era propietario, algo que para mis padres les cayó como agua fría al enterarse de tan cruel abuso y mis padres desconcertados, sin saber cómo decirle a mi tío lo que estaba pasando, quisieron darle solución sólo ellos y tratar de hacerle ver al vecino, de la mejor manera, que estaba equivocado con apoderarse de unos terrenos que no eran de él. Pero el vecino seguía aferrado a que eran de su propiedad, tuvieron que avisarle a mi tío que se encontraba en Estados Unidos, algo que también le tomó de sorpresa y tuvo que irse inmediatamente a México para arreglar la situación.

Pero no pudieron hacer nada, el nuevo apoderado les dijo: "Esos terrenos son míos y no me los van a quitar, y no se vuelvan a meter ahí porque les echare la policía. Se los advierto". Mi tío trató de arreglar con un abogado y dejar todo en orden antes de regresarse a Estados Unidos y dejar a mis padres bien orientados, ya que el señor ya los había advertido. Pero el vecino no conforme fue a amenazar a mis padres a su casa, una, y otra, y otra vez. Bien me acuerdo que una mañana, muy temprano, se escuchó fuertemente que alguien tocaba la puerta que casi quería tumbarla, como a las 5 de la mañana. Mis padres asustados fueron a ver quién, bruscamente y con gritos, tocaba. Mi padre al abrir la puerta y ver ese mal hombre, y aunque era un hombre mayor, su cruel abuso, sus obscenas y ofensivas palabras, no conforme con eso, los amenazó, les dijo que dejaran las cosas así porque si no se irían a pleito y los ganaría a vida o muerte, algo que a mi mamá le asustó mucho y hasta el hospital fue a parar. Mi mamá se pone muy grave, cada día más y más, a causa ese disgusto y amenazas.

LA ENFERMEDAD DE MI MADRE

Mi mamá se puso muy mala y cada día estaba peor, yo destrozada al ver a mi sagrada madre tan mal por tal situación, viendo que por ese coraje se alteró mucho y empezó a perder mucho peso y perdió la vista. En una ocasión me dijo: "Hija no te veo, solo veo tu sombra, me siento muy mal, ve busca a tu tía Lala y dile que venga pronto, que estoy muy mala". Yo angustiada y llorando, corrí y no pare de llorar en tan largo camino que era para llegar a casa de mi tía, la hermana más chica de mi mamá, ya que en donde vivía ella era muy lejos y tenía que caminar. Con un nudo en la garganta le dije a mi tía al llegar a su casa: "Tía, tía, mi mamá está muy malita y quiere que vaya a verla, pero vengase ya porque mi mamá no puede ver bien".

Al llegar de regreso, ya con mi tía, a casa de mi mamá, ella empezó a contarle su enfermedad y por lo que estaba pasando; le dijo: "Me siento muy mal, le entrego a mi niña", que era yo ya que mis hermanas estaban en Estados Unidos, y yo era la más chica y estaba con ella. Le dijo: "Si algo me pasa, hagas cargo de ella"; y a mí me dijo que me portara bien y que obedeciera a mi tía en todo, y que me fuera a vivir con ella, que me llevara todo a casa de mi tía, que solo le dejara a mi papá lo necesario, y que si mi papá se llegaba a casar no fuera a ser mala ni grosera con la pareja de mi papá.

Eso fue un golpe muy fuerte para mí y me derrumbe toda, a mi corta edad no sabía cómo iba ser mi vida sin mi mamá. Lloramos mucho, mucho, mi mamá, mi tía y yo. Esa tarde fue tan gris par las tres, ya que solo nosotras estábamos en casa, mi papá no estaba. Pero un milagro de Dios le dio la vista a mi mamá y encontró un buen doctor que le pudo controlar. Le diagnosticaron diabetes y le otorgaron lentes, poco a poco pudo recuperar su vista, pero si pasamos por un trago muy amargo a causa de encontrarse uno estos tipos de abuso. Mi madre, aunque no fue nada fácil para ella enfrentarse a tan grave problema y delirar con su enfermedad por unas propiedades que ni eran de ella, perdonó al mal vecino, no pudieron ganar el caso y los terrenos se perdieron.

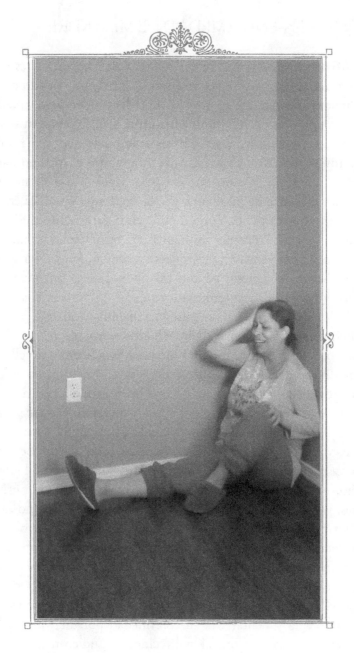

Finalmente, el señor se salió con la suya y cruelmente se quedó con los terrenos que no le costaron ni un peso, sabiendo que esos terrenos habían sido de mis abuelitos, y el hermano de mi papá los había comprado. Pero el abusador aprovechó que mi abuelo ya no vivía y que mi tío no estaba ahí.

Al pasar algunos años, el mal hombre, anciano, resultó muerto en un establo; lo mataron los caballos a patadas cuando fue a darles de comer. Mi mamá superó esa situación al pasar de los años, pero la enfermedad de la diabetes fue lo único que le quedó, hasta hoy día ha tenido que vivir con grandes dificultades y por muchos años con la diabetes. Cuando uno no tiene el apoyo, dinero o palancas como las que el mal vecino compró con dinero y mentiras, es difícil para personas inocentes, puedan defenderse aun siendo personas intachables de hacer daño a nadie.

Tantas injusticias que pasan y los abusadores se salen con la suya porque no hay quien les ponga un hasta aquí. Que impotencia para mis padres y mi tío, que alguien se quedara con esos terrenos sin costarles nada, y aunque ese señor ya no vive, dejó sembrado a los hijos que pelearan por esos terrenos y hasta la fecha mi tío no ha podido recuperarlos porque los hijos son los que heredaron los malos hábitos del papá. Los adultos en vez de dejar un buen legado dejan riñas y malas costumbres, que sigan haciendo cosas malas. De verdad, que triste que exista gente que viene a este mundo no a construir, si no a destruir.

¿POR QUÉ IR A CONSEJERÍA?

Es importante que vayas a consejería, ya que ahí te darán las soluciones y el apoyo que necesitas, y más si estas en peligro. El ir a consejería te ayuda a ver de otra manera las cosas, aliviarte el malestar y empoderarte para que pongas solución y no sigas permitiendo más el abuso. Existen fundaciones que no solo te ayudan psicológica y emocionalmente, sino económica y laboralmente; y si necesitas vivienda o un abogado, te lo consiguen sin tener que pagarle nada para que te defienda, hasta para tramitar una Visa U y residencia si eres ilegal, o para la custodia de los hijos cuando están a punto de quedarse en manos del abusador.

¿EN QUÉ TE AYUDA LA CONSEJERÍA?

Te ayuda a recuperar tu fuerza, valores emocionales y hacerte una persona más segura y fuerte ante cualquier abuso. Yo al tomar consejería en Génesis, la muchacha que fue otro de los ángeles que Dios me puso para que me atendiera por todo el tiempo que tuve que ir —que por seguridad, no puedo mencionar su nombre—. Se portó muy linda conmigo y me ayudó mucho. Con ella aprendí, y me di cuenta cuando iba a consejería grupal, que había mujeres más abusadas que yo, y eso me hizo más fácil sanar la violencia. Reaccioné rápido, superé y olvidé lo que viví, porque había personas que en realidad la habían pasado peor que yo, cosas mucho más difíciles, agresiones físicas fuertes y dolorosas que hasta al hospital habían llegado a parar por la violencia que, gracias a Dios no fue mi caso.

Al escuchar esas tristes y graves experiencias de mis compañeras, me dije que lo que yo había vivido, no había sufrido ni sido tan grave como otros casos, y me estaba ahogando en un vaso de agua. Al escuchar tan espantosos testimonios me sentía en la gloria, yo no había perdido un bebé, ni tenía cicatrices marcadas en mi cara ni en ningún lado de mi cuerpo, menos caer en un hospital. En Génesis solo estuve por unos meses, ya que rápido superé todo y quise seguir yendo a la fundación, pero no a recibir consejería, si no ir a ayudar y a apoyar a otras personas que todavía no sanaban del abuso. Empecé a ir como madrina. Aprendí que no permitiré que nadie más me falte el respeto.

Abuso Sexual

Se manifiesta en personas más vulnerables como niños o personas de alguna discapacidad. Una de cada 4 niñas y uno de cada 7 niños, son molestados sexualmente. También con mujeres con bajo autoestima y comúnmente en parejas. El depravado sexual muchas veces pensamos que puede venir de un desconocido, pero no, puede llegar de amigos o personas más cercanas como tíos, primos, hermanos, abuelos y en ocasiones hasta en los propios padres. Se dice que se da en hogares, iglesias, trabajos y en las escuelas. Y en ocasiones, el depravado manipula a su víctima para llevar a cabo su abuso sexual, a veces para dar mejores trabajos, fama, lujos, dinero o simplemente satisfacerse.

¿QUÉ CONSECUENCIAS TRAE ESTE ABUSO?

Con este tipo de actos forzosos y agresivos provoca que su víctima llegue más allá de solo una agresión sexual traumática. Mediante el uso de la fuerza física y en contra de su voluntad, el agresor debilita completamente y trastorna mentalmente a la víctima, para lograr poseerla sexualmente, y debido a estas agresiones, algunas personas han llegado a la muerte por no saber cómo salir de las manos del depravado o como pedir ayuda. Y en casos, el depravado para no dejar evidencia llega a desaparecer a su víctima quitándole la vida y escondiéndola donde no la encuentren fácilmente, para despistar a la justicia y lograr escapar de ella huyendo; y hasta enterrando o tirando a un río a su víctima. Existe tanto abuso y descaro, que mucha gente conoce casos y nadie se atreve a hablar y hacer que paguen estos abusivos. En ocasiones pasan en la propia familia, hay personas que se hacen de la vista gorda y cubren o se convierten en cómplices de sus propios hijos cuando saben que su hijo, padre, hermano o hasta el esposo. Cubren este tipo de abusos.

EXPERIENCIA REAL

Recuerdo que en una ocasión en mi trabajo, una compañera me contó que su papá abusaba de dos de sus hermanas más chicas, y que una de ellas, por los golpes corporales le resultó un tumor en la cabeza y murió porque su padre, al forcejear y no querer que la tocara le dio un golpe en la cabeza al azotarla contra el suelo. Mi compañera contó que ella no hablaba por el miedo que ella tenía por las amenazas que su agresor le hacía y lo peor, era su propio padre, que le dio la vida. La hermana de mi amiga, aterrorizada, temía que se llegara la noche por lo que sabía que su papá le haría. Ella a las dos semanas antes de morir habló la verdad, el aprovechaba de sus hijas cuando la esposa se iba a trabajar, ya que ella tenía en el turno de la noche.

Que historia tan triste, algo parecida a la de las hijas de Jenni Rivera, que en gloria esté. Que al igual su propio padre abusaba sexualmente de ellas, gracias a Dios ellas si hablaron a tiempo, perdieron el miedo y encontraron el valor para hablar y defenderse, lo cual a muchas personas la vida ya no les dio esa oportunidad; y otras todavía no enfrentan su miedo para denunciar estos actos.

Como Rosie Rivera, la hermana menor de la fallecida Jenni Rivera. Rosie Rivera que también sufrió violencia y ahora ya que lo superó, se dedica a dar conferencias para empoderar a la mujer, para que al igual que yo, le decimos a las personas que vivieron violencia doméstica, no tengan miedo hablen y denuncien el abuso. Debemos poner un alto a estos abusos que acaban con la potencia, empoderamiento, animo e ilusiones, y que hacen que personas se derrumben y no se puedan salir de ese agresor nunca.

Si no hablamos esto, jamás parara, yo te invito a que no calles si estas en una situación así o conoces a alguien, ayúdale. Hoy en día existen muchas fundaciones que te pueden dar apoyo, al igual que yo cuando fui víctima de violencia, el oficial Natalio Palma que me atendió me mando una fundación del gobierno. Yo estuve por 3 meces recibiendo tutoría en la Fundación Génesis de Dallas y en Manos Unidas de Paris, Texas. Rápido sané todo lo que había pasado, pero desafortunadamente muchas personas siguen siendo víctimas por no hablar. No te quedes callado.

EVITA SER VÍCTIMA DE VIOLENCIA SEXUAL

Toda persona tiene una fuerza interior, y no es necesario que seas luchador o que sepas artes marciales, si no que aprendas y busques el soporte adecuado para saber cómo defenderte o salir a tiempo de una agresión sexual. Normalmente el depravado da señales de que es un abusador sexual cuando no es tu pareja. Observa cómo actúa, de que frecuentemente platica y que temas sexuales te está forzando a hablar cuando está a solas contigo. En niños, el abusador les dice que es un juego y que no es malo, ya cuando logra su objetivo, los asusta para que no hablen e incluso, les amenaza con hacerles daño. Como cuando a Rosie la amenazaba su cuñado, que si hablaba y decía lo que paso, mataría a su hermana y cosas a así, que para una niña es aterrorizante y traumante, que llegan a marcarlas para toda la vida.

Algunos depravados dan pequeñas señales de que a futuro puede ser un agresor sexual, en ese momento se debe evitar contacto, no hablar o alejarlo, y no estar a solas con él. Lamentablemente por los miedos, o cuando es una pareja, la gente no habla por la con función de pensar que aman al abusador, por el que dirán y por el miedo a quedarse solas y no saber cómo empezar si los dejan. Como en ocasiones le llegó a pasar a la ex Miss Universo Katty Fuentes, cuando se casó y tuvo sus hijos.

Personas llegan a acostumbrarse a vivir toda una vida así y en algunos casos les llega a gustar o creen que es lo que les tocó. He escuchado a personas que dicen: "Es la cruz que Dios me dio y me tengo que aguantar". Yo digo: Dios no te lo dio, tú eres la que elije vivir así. Dios quiere todo lo mejor para sus hijos. Tú decides si vives feliz o infeliz. Dios no es el causante de nuestros hechos, si no nosotros que permitimos al no poner un alto y quedarnos callados. En realidad, al permitir estos acosos, estamos aceptando que nos traten como objetos, esclavos; y en otros términos, si no nos defendemos, hasta como animales se pudiera decir. Tenemos que sacar esa valentía con actitud y carácter.

Hay un dicho que expresa: "El que tiene más saliva come as pinole". ¿Nosotros cuánta saliva tenemos o queremos tener? ¿Debemos quedarnos callados o darnos a valer como lo que somos y valemos como seres humanos? Pregúntate esto.

Abuso Laboral

El abuso laboral es hostigador y discriminación al ser humano en trabajos, ya sea públicos o privados. Ocasionan miedo, intimidación y terror; que afecta el empoderamiento emocional y económico al ser humano. El abuso laboral llega a debilitar el potencial y estabilidad a las personas, y suelen a convertiste en un seres inestables e inseguros, y ajenos a creer que pueden ser mejor, aceptan y se acomodan en una vida mediocre que se sumerge a un sufrimiento que destruye y los orilla a vivir en escasez, sin futuro, ciegos a ver más allá de nuestra área de confort. Además, desilusionarse y no luchar por descubrir que cada día Dios nos da un hermoso amanecer, lleno de grandes oportunidades para ser mejor y descubrir que podemos hacer cosas, mejor de lo que podemos imaginar. (Santiago 3:2).

El abuso laboral que, en algún momento de nuestra vida tuvimos que soportar por necesidad, ingenuidad, presión o por el pánico a no hablar y perder el trabajo, quedarnos sin el bajo ingreso que lográbamos, obtener al momento. que era mejor algo que nada y preferíamos callar para no arriesgar a perder lo poco que ya teníamos. El abuso en los trabajos puede traer graves consecuencias y ni cuenta nos damos. Y cuando lo hacemos quizás lo podamos lamentar por no actuar a tiempo a causa el miedo a no hablar.

ABUSO LABORAL EN COMPAÑÍAS

El trabajar en una empresa que te exige demasiado, aparte de que en ocasiones te maltratan con diferentes agravios entre gritos y empujones, expresiones y en gestos, etc. El que no te valoren tu trabajo y te paguen lo mínimo es indignante. Que te sacrifiquen y obliguen con amenazas a correrte o darte un peor trabajo más pesado del que ya tienes, que te manipulen para que realices una actividad que la hagas impecable. Algo que no te recompensarán por más que te esfuerces a dejar un trabajo excelente, los que se llevarán la recompensa son los dueños y a el trabajador si acaso, solo le dirán gracias o hiciste buen trabajo o tal vez le consolarán con un bono de 25 centavos de aumento.

En algunos casos el trabajador, de tanto trabajo y presión, hasta se enferma a causa de ese trabajo. Se te generó una enfermedad o fractura física. Los jefes solo quieren la producción y las ganancias, no les importa que tú te desgastes físicamente al dar todo de ti, te acabes tus energías y desgastes tu vida por entregarles un buen trabajo. Cuanta gente se sale de los trabajos o se jubila todos enfermos, que el mismo trabajo les ocasiono una enfermedad o discapacidad física y terminan destruidos, acabados, sin dinero, sin ilusiones; y a lo mejor, sin una parte de tu cuerpo porque te cortaron una mano, las dos piernas o cualquier otra parte, porque le entregaron toda su vida a una compañía que nunca te valoró lo que eres y nunca miraron lo importante que eras y lo que valías como trabajador.

En algunos empleos te hacen que trabajes horas extras y no te las pagan. Te presionan demasiado y les molesta que les pidas la más mínima cosa, y más en cosas como un permiso personal, como un permiso para ir al baño, algo que es sumamente en ocasiones muy urgente y más en una mujer, ya que tiene más emergencias personales que un hombre. Para una mujer es indignante y vergonzoso tener que avisar en ocasiones que tipo de emergencia intima tiene, es incómodo darle a conocer a tu jefe la necesidad intima que estás pasando. Para colmo de la pena que ya le contaste, es indígnate que no te crea y lo peor que no te dé permiso.

TESTIMONIOS DE ABUSO LABORAL

A una empleada a la que llamaremos Malena, de 32 años, originaria de Chicago, Illinois; una chica excelente trabajadora que nunca faltaba y siempre llegaba a tiempo a su trabajo. Además, siempre sacaba una buena producción en su ámbito laboral, nunca tenía problemas ni quejas en la compañía y era una de las mejores trabajadoras. Trabajaba en una compañía procesadora de alimentos. Le tocaba en su labor dirigir una banda donde tenía que supervisar que todo el producto estuviera listo para empacar e ir directamente a la tienda, algo en lo que tenía que estar muy atenta y segura de mandar un buen producto al mercado, lo cual era una responsabilidad muy grande.

Un día por la mañana, Malena, teniendo una hora de empezar a trabajar, inesperadamente se le presenta una necesidad y le urge ir al baño, no podía dejar su trabajo porque pararía toda la producción, lo cual hace el llamado al supervisor para avisarle y pedirle permiso ya que era una emergencia que tenía que atender de inmediato. El cruel y racista supervisor no le da permiso y enfurecido le dice: "No puedes ir. No puedes dejar la banda que corra sola y aguántate hasta la hora de descanso porque no tengo a quien poner en tu lugar". Arrogantemente el supervisor se va, dejando a aquella pobre mujer con su necesidad del cuerpo. Pasa media hora y Malena no aguanta más y no pudo controlar su cuerpo hasta que llegara la hora del descanso, por la presión, rabia e impotencia se desmaya y empeora las cosas, ocasionando un accidente peor para ella y para la compañía, ya que la misma banda la arrastró y sus manos fueron prensadas en la máquina de sellos.

Esto fue devastador, porque aparte de que no aguantó, quedó con sus manos quebradas y perdió dos dedos porque la ayuda tardo en llegar y apagar la máquina de sellos. Malena sufrió mucho y por muchos años no superó lo que le pasó, y para colmo, no le pagaron los gastos médicos y no le pagaron su incapacidad. ¿Hasta dónde somos capaces de aguantar este tipo de abusos en nuestros trabajos? ¿Si usted es empleado está dispuesto a experimentar una conducta injusta como la de Malena? ¿O quizás peor? Al permitir este tipo de abuso estamos aceptando y abusando de nosotros mismos, y que otras personas decidan hasta en nuestras decisiones muy personales.

Los dueños de empresas y jefes mandan, manipulan, distorsionan y controlan injustamente sin importar que eres un ser humano, Te tratan como si fueras un robot o una máquina que prenden y apagan cuando quieran. Ya no permitamos caer en estos pantanos de lodo. ¿Tú estás pasando un abuso similar? ¿Por cuánto tiempo estas dispuesto a aguantar? Pregúntate que quieres hacer al respeto. O tal vez seguir igual hasta que tu cuerpo ya no tenga la capacidad y la fuerza, ni la edad de poder trabajar. ¿No crees que es tiempo de hacer la diferencia? ¿O prefieres ser empleado por toda la vida y seguir aceptando los abusos, y continuar día a día en una rutina de ocho horas y que te den 15 o 30 minutos para almorzar?

Yo te invito a que analices y hagamos algo y marquemos la diferencia para nuestro bien y el de los que nos rodean y amamos. En realidad, al permitir estos acosos, estamos aceptando que nos traten como objetos, esclavos y en otros términos, si no nos defendemos hasta como animales, se pudiera decir. Tenemos que sacar esa valentía con actitud y carácter.

IMPOTENCIA AL ABUSO LABORAL

El maltrato de tus jefes al no considérate que eres capaz de desarrollar un mejor trabajo y que pidas una posición mejor o aumento y no te valoren, menos te tomen en cuenta y te den un trabajo de baja calidad, y además te bajen a otro puesto peor de él que ya tenías por el hecho de hablar y pedirles una posición mejor. Que frustrante no poder realizarte como lo que tú quieres y sabes que puedes tener el poder de hacer un mejor trabajo y que no te escuchen y te traten como esclavo.

Como Sergio Andrade, que buscaba jovencitas con engaños de hacerlas famosas y después las convertía en sus amantes. Llegó a tener 12 amantes y 6 hijos con algunas de ellas. Como la actriz y cantante Gloria Trevi que trajo al mundo a Ana Dalaya, quien falleció el 13 de abril de 1999 en el Rio de Janeiro, unos meses antes de la detención de Sergio; pero antes ya había tenido un varón, en 1993, con Sonia Ríos. De ese niño se desconoce el nombre, pero según versiones, el abusador Sergio Andrade regaló al niño a su hermano, el diputado Eduardo Andrade. Personas como ellos se valen de poder y del dinero para engañar a la gente y a personas ingenuas e inocentes como todas esas jovencitas que cayeron en su trampa con la ilusión de hacerse famosas; algunas lo lograron, pero pagaron muy caro el precio y hasta perdieron su dignidad y reputación como mujeres por querer un trabajo de mucho prestigio o fama.

Recuerdo cuando trabajaba para la Radio y Periódico como agente de ventas y reportera de espectáculos en 2004. Meses después yo pedí un aumento del 45 por ciento de cada venta y 10 dólares más por cada reportaje. Aunque ganaba muy bien, yo sabía que podía ganar mejor, ya que era muy buena en las ventas y la gente buscaba más el periódico por los reportajes que yo ponía, ya fuera de farándula, sociales o informe a la comunidad. Le dije a mi jefe que estaba evolucionando con mucho éxito con mis ventas y mis reportajes, además, los clientes eran mucho más que cuando yo no trabajaba ahí y que eran unos de los pagaban mejor la publicidad.

En mis clientes se encontraban agencias de autos, aseguradoras, bancos. financieras, restaurantes y boneterías. Yo vi que con mi trabajo creció el periódico mucho más, y se hizo popular. Aparte, subió de rating al primer nivel de todas las demás radios y periódicos de ese lugar. Era más famosa la radio y periódico porque tenía muchos fanáticos. Mi trabajo no solo era en ventas sino también como reportera y locutora. Mi jefe me negó el aumento, dijo que no podía. Que impotencia sentí al saber que merecía un pago mejor y no me lo quisieron dar. En los trabajos uno sufre mucho porque lo trabajan a uno demasiado y no valoran lo que en realidad es un trabajador. Al año me fui de vacaciones a México y no me quiso pagar la semana que trabajé ni la de vacaciones, me dijo que cuando regresara de México me pagaría.

Al regresar de México voy a reportarme a mi trabajo y no solo me encuentro con que ya tenía a alguien más en mi lugar, sino que tampoco me quería pagar lo de mis vacaciones y una semana de trabajo. Finalmente, después de insistir, me pagó pero no todo lo que me debía, si no una parte, que porque no había dinero. Fue decepcionante para mí porque no era verdad, yo sabía que mis clientes pagaban muy bien; para agregarle una raya más al tigre, ya mis clientes los estaba atendiendo alguien más y yo no pude hacer nada porque él ya había ido a presentarse con cada uno como el dueño y que yo ya no regresaría, que me había ido a mi país.

Aprovechó la oportunidad de que me fui y si claro, pero solo fui por dos semanas, y para no darme el aumento decidió quitarme mi puesto y ponerme en uno peor y más bajo el sueldo, que porque me había tardado y él estaba perdiendo y tenía que poner a alguien en mi ausencia. Ahora me tocaría trabajar en otra áreas, ahora sería la que repartiría el periódico. Sabía que con eso me daría donde más me dolía, sentí que me puso primero a correr y por sus agallas ahora me pondría a gatear. En vez de avanzar iba para atrás si aceptaba sus condiciones. Indignada y tragándome tal coraje he humillación lo llegue a hacer por dos semanas, después ya no regresé y aunque al pasar el tiempo se arrepintió y me dijo que volviera porque se había quedado solo y sin trabajadores, ya no regresé ni por lo que me debía. Que piensa esta gente que uno es un objeto que toman y tiran cuando quieren.

Al pasar de algunos años, ese periódico tuvo que cerrarlo, fracasó. Ya los clientes se le habían ido a otros medios de publicidad mejor que el periódico, llegó el momento que ya no sacaba ni para pagarle a la imprenta y mejor cerró todo. Aparte que se quedó sin los mejores vendedores y escritores, ya no sabía ni como cubrir los espacios y salió mal, no solo con el personal sino con los clientes también. Es injusto que pasen este tipo de cosas solo porque los dueños o encargados se sientan con poder, piensan que uno se debe a ellos y obedecer a cosas que están fuera de las reglas de un trabajador, que a uno lo maltraten. Pero desafortunadamente mucha gente sigue aguantando todos estos abusos por miedo a defender sus derechos y a que les vaya peor.

Abuso Personal

El abuso personal lo aplicamos de muchas maneras, que sabemos que nos estamos haciendo daño y no dejamos lo que nos daña, hasta Dios mismo nos exhorta en su palabra. Nos dice que es el peor error como seres, abusamos de nuestra persona y nuestro cuerpo que algún día tendremos que pagar la factura. Nos maltratamos cuando somos negativos y nos culpamos de todo lo que sale mal por nuestro lenguaje interno. Por ejemplo: Eres un torpe inútil, no sirves para nada, así quien va a quererte, no vales la pena. Cualquier tontería que se nos pase por la mente negativa y destructiva, estamos abusando de nuestra debilidad en vez de ver las virtudes y dones que somos capaces de realizar.

Cuando le damos rienda suelta a los malos pensamientos, nos restregamos cada mal momento o cosas que no nos salieron bien, como nos hubiera gustado, o en cosas que no están en nuestro alcance desempeñar o resolver. A la vez nos agredimos con estos pensamientos por falta de conocimiento y poca madurez, o porque estamos invadidos y hartos de tantas cosas de abuso y estamos pasando por una debilidad de desánimo y desamor. O a conciencia, nosotros mismos nos destruimos al no protegernos. Como cuando sabemos que unos alimentos nos hacen mal para nuestra salud y los seguimos comiendo y en exceso, o cuando estamos involucrados en una relación toxica y que nos daña, es abuso a uno mismo porque a conciencia permitimos que nos dañen y nos atormentamos para excusar nuestra falta de fuerza, carácter y voluntad.

ABUSO CONTROLADOR

En el abuso controlador el agresor siempre chantajea y cuando se siente culpable, para no reconocer su culpa siempre te dirá: "Lo digo y lo hago por tu bien, porque te amo; por eso te digo las cosas como debes hacerlas y así las tienes que obedecer y porque te quiero y no seas dramática, no seas escandalosa para un rasguñito que te hice, no aguantas nada chillona, de nada lloras". Sucede en una relación de pareja, ya sea de matrimonio o de noviazgo. El hombre abusivo siempre trata de que la mujer le haga caso en todo y también quiere tener él todo control del hogar, hijos y sobre todo en su esposa, siempre quiere que se le obedezca en todo y el decida por ella, hasta en la ropa que quiera ponerse. La aleja de todo y de todos, e incluso hasta de la familia. Todo el tiempo quiere tener el control de ella, elegirle horarios, salidas, entradas, comidas, vestuarios, amistades y cuando ir a ver a la familia. Adueñarse de su pareja como si fuera un objeto de su propiedad o como un títere que mueve cuando quiere; que te presioné, te chantajeé y te hagan dramas para que los obedezcas, y satisfacer su orgullo de macho.

Nosotras como mujeres tenemos la capacidad de salir adelante sin este tipo de personas agresivas y controladoras, no necesitamos un hombre así. Necesitamos un caballero que nos apoye, nos cuide, acompañe, comprenda, nos ame y nos ayude a crecer; no que nos venga a cortar las ilusiones para que nunca crezcamos, y en unión y equipo compartamos sueños y unidos resolvamos los conflictos y triunfos, así como también juntos disfrutemos nuestros logros y que no se sientan chiquitos cuando logramos una meta o un éxito, que seamos unidos y que cuando uno se cae, el otro le de la mano para levantarse. Siempre lucha por la felicidad, no querer fregar al otro porque yo no soy exitoso, y no apoyar tampoco para que tu pareja lo sea.

Como en la experiencia que le tocó vivir a Katy Fuentes, la ex Miss Universo de México con su novio controlador, en plena etapa de concurso de nuestra Belleza México. Le hizo la vida imposible en todo momento y nunca la dejaba que creciera, siempre quería tenerla controlada y checadita, hasta las llamadas y textos de su teléfono quería tener en control. En verdad yo la admiro, no sé cómo le hizo para sacar fuerzas, hacerlo a un lado y soportar tanto abuso y no le perturbara en su carrera, en la cual tenía que estar bien enfocada. En su libro *El amor no es control*, narra toda la violencia que vivió con ese noviazgo, que después se convirtió en matrimonio. Al leer su libro me sentí identificada por lo que a mí me tocó vivir en mi corto noviazgo.

Después de haber superado la violencia que también viví con mi ex, después de esa relación, no volví a tratar ni salir con ningún chico por casi tres años, y cuando empecé a tratar a alguien, me quería manipular y controlar. Pero me acordé del libro de Katy Fuentes ex Miss Universo de México, una linda chica que conocí y con la que conviví en una conferencia donde compartimos escenario como ponentes en Dallas, Texas. Donde nos tocó a las dos dar un tema de violencia doméstica.

En el libro *El Amor No Es Control*, y en lo que me había pasado, aprendí que hay que ser más cautelosa y saber detectar cuando una persona es abusiva. También a darme cuenta que igualmente existen personas buenas, porque cuando yo estaba llena de odios y resentimientos a causa el abuso, yo no confiaba en nadie, decía que toda la gente era mala y los hombres eran todos iguales, cortados con la misma tijera. pero no... si hay personas muy buenas. Recuerdo en una ocasión en Houston, Texas, en una reunión de negocios conocí a una linda chica y me contó que estaba enamorándose de un muchacho y estaban saliendo para conocerse, pero que no le gustaba como la trataba. El chico a pesar de que había sido casado y con cuatro hijos, le ponía condiciones, algo que no tenía cara ni la postura para que ella anduviera con él, ya que ella era una chica muy bonita, soltera, sin hijos y nunca se había casado. Él quería controlarla y decía que estaba enamorado, que la quería para una relación seria. Ella me compartió que lo trato poco porque empezó a exigirle y ser muy estricto con ella.

ABUSO VERBAL Y EMOCIONAL

Empezó a hacerla sentir mal, todo lo que hacía o decía le parecía mal, de la más minina cosa se ponía a discutir, le decía que estaba mal, que cambiara su manera de ser, que era una 'india naca' y sin educación. Siempre trataba de hacerla menos. Cuando la chica le mandaba textos y por equivocación una letra se iba de más o le faltaba, le decía que era una burra, que ni sabía escribir. La comparaba con otras personas que eran mejor que ella, evolucionaban y producían más dinero que ella, siendo más jóvenes. Ella se decía: "¿Qué le pasa?, hablando de jóvenes cundo él no es un quinceañero". Siempre sus pláticas eran de altanería y le echaba en cara que ella nunca ganaría lo que el ganaba, que porque el ganaba mucho dinero y que ella era una conformista trabajando en una fábrica. Siempre estaba presumiendo de la más mínima cosa, le decía cosas como si estuvieran en una competencia hablando de cuantas carreras, títulos y doctorados tenía; que cuantos negocios tenía aquí, en México y en Londres.

Ella en muchas ocasiones no le decía nada para evitar discusiones, solo le seguía la corriente, porque si le contradecía iba a ser peor y sería una guerra. Además, él nunca iba a aceptar que estaba equivocado. Él le decía frecuentemente que nunca lo alcanzaría a ser exitosa como él, que ella debía de estar agradecida que él se fijara en ella porque a él le sobraban mujeres bonitas, mejores que ella y con dinero. Presumía de lujos, viajes y dinero, y aunque si era rico, pero de nada le servía porque su forma de portarse como ser humano era un fracasado. Se creía la última Coca-Cola en el desierto. Además, se portaba como un adolescente que a su edad ya no le quedaba y se veía ridículo, porque ya tenía 52 años y ella 32. Aunque ella quiso tratarlo porque dijo: "Ya es un hombre maduro y se ve que es buena persona, dice que me quiere para una relación seria, aparte me parece muy centrado, no me va a tratar mal". Pero mi amiga se equivocó. Conocía chavos de 18 años más respetuosos y maduros que él, que era tan grande. Era muy presumido, sentía que nadie era mejor que él, decía que era muy guapo y muy inteligente, que él era arquitecto en todo lo más nuevo en tecnología, que era el creador de la inteligencia y ella era una pueblerina perdedora.

La lastimaron sus palabras, pero dice que jamás le demostró que la hería. No permito que tuviera el control de ella en ninguna circunstancia y era lo que lo irritaba más a él, porque nunca pudo doblegarla. Él quería saber todo de ella y controlarle hasta las cuentas bancarias y que cuanto ganaba en el trabajo, que porque las mujeres eran muy inútiles y todo echábamos a perder por nuestra torpeza; no sabíamos administrarnos y tirábamos el dinero por tonterías.

Decidió cortar esa relación, aparte porque empezó a pedirle dinero, que si quería que fueran algo más serio o vivir juntos tenía que comprar una casa o apartamento para que el pudiera visitarla cuando él quisiera y que para tener dinero y comodidades o ir a pasear o de compras y vivir bien, le tenía que dar un Bitcoin y él lo iba administrar y ver de la mejor manera en que lo iban a gastar o reproducir. Pero en ese tiempo subió el valor y costaba un BC a 17,000 dólares, algo que ella no podía comprar en ese tiempo. Cortó de inmediato toda comunicación, no dejó que la chantajeara ni le manipulara, menos controlara. Dio por terminada esa absurda relación, lo bloqueo y lo sacó de su vida de raíz. Yo digo amor no es de chantaje, ni de manipulación, menos controlador. En la Biblia dice: "El amor no se irrita ni se alegra de lo injusto, no tiene celos, odio, ni envidia, se alegra en la verdad" (Corintios 13:4–6).

ABUSO FÍSICO

Es un delito de primer grado donde se le hace daño a golpes a personas. Ese delito grave de agresión física y violenta ocurre cuando alguien con intensión golpea a otra persona en contra su voluntad, causando graves daños. El abusador puede llegar a dejar desfigurado o discapacitado a su víctima, incluso hasta para toda la vida. Ese acto agresivo se castiga hasta con 5 años de cárcel, más si usa un arma en la agresión y máximo 15 años en prisión. Esa cruel falta puede llevar a consecuencias muy graves he irreparables y los abusadores llegan a arrepentirse, pero ya están condenados a pagar por sus malos comportamientos y es tarde he irreversible. En el abuso físico la victima sufre, patadas, bofetadas, arañones, puñetazos, mordidas, estrangulamiento, empujones, jalones de pelo, estrujones, golpes a los hijos y mascotas, apretones de manos o piernas hasta dejarlas marcadas. El abusador siempre trata de justificar su mala conducta con chantajes, aterroriza su presa, manipula y culpa para no aceptar que la culpa es de él.

INTIMIDACIÓN

Es hacer algo ilegal. Un abusador intimida a través de meterte miedo, y asustar a la víctima para que haga algo que no quiere y la intimida para convencerla de que aunque no quiera, lo haga. Incluso con graves amenazas o miradas pesadas de manipulación. El transcurso de la violencia cuando el abusador ya tiene el control, aísla a su pareja de todo y de todos, le prohíbe hasta que coma o duerma, y cuando duerme y el abusador está despierto porque tiene un turno diferente y le toca dormir de día, cuando ve a su pareja que duerme de noche, le molesta, va y la despierta para que no duerma ya que él está despierto y tampoco quiere que su pareja lo haga, impidiéndole dormir y cuando está enferma tampoco quiere darle atención médica.

Le destruye cosas personales y favoritas como su ropa, sus cosméticos para que no se arregle y le impide tener amigas y alejarla de la familia. Pega y azota las puertas, estrella o quiebra objetos y le dice a su víctima: "Mira cómo me pones, yo no quería hacerlo, pero tú me haces enojar"; eso lo hace para aterrorizar a su pareja. La amenaza primero con palabras y después hasta con armas. Prohíbe y controla todo tipo de salidas, la avergüenza en lugares públicos y en ocasiones llega a abandonarla en distancias largas para que se vaya caminando. Manejar agresivo, obligarla a que haga cosas indebidas, sucias y prohibidas como drogas. Si no lo hace, la chantajea que no lo hace porque no lo quiere y la obliga a que le diga que lo quiere y lo ama, una y otra vez, porque sale con la tontería de que no la escucha.

SUGIERO O RECOMIENDO

Cuando veas síntomas de abuso de cualquier ámbito, aléjate. Siempre aléjate de todo lo que te haga daño antes que sea demasiado tarde. Se feliz, siempre busca la felicidad, no cuesta, es gratis. Uno puede saber cuándo una relación no es buena ni saludable. El abusador rápido saca el tipo de persona que es. Levanta tus antenitas y mira como es, como habla, de que se queja, como convive con su familia. Si maldice, recuerda que la boca habla de lo que el corazón tiene; no puede hablar de amor si en su corazón hay odio. ¿Con quién convive?, ¿cuál es el círculo de amistades?, ¿cómo vive en familia?, ¿si ama o maldice a un ser que lleve su sangre o a cualquier otra persona?, ¿qué relación tiene con Dios?, ¿en qué lugar tiene a Dios, si lo tiene muerto o vivo?

De esta manera sabrás a qué atenerte y si sigues o cortas, eso que está diagnosticando con sus hechos es de dañarte. Ojalá esto te ayude a detectar a tiempo una mala experiencia que te puedas lamentar si no te sales de ella a tiempo y te ayudas a alejarte y cortar de raíz a esas personas, antes que ellas entren en tu vida a destruirte.

AMATE Y VALÓRATE

Valórate y quiérete a ti mismo para mejorar tu poder y autoestima. Deja de sufrir por algo que esta fuera del alcance de tus manos. Nunca le des la razón a alguien para quedar bien o agradarle, estarás fallándole a tu verdad. Valora tus decisiones, piensa en la gran cantidad de buenas decisiones correctas que has tomado y puedes tomar a lo largo de tu vida.

No te dejes abrumar y menospreciar por alguien que no vale la pena ni te acepta como eres; no te atormentes por tus errores, eso te sirve para que crezcas y seas mejor; felicítate por todos tus éxitos y logros, el simple hecho de seguir vivió un día más, significa que tienes más oportunidad de tomar mejores decisiones, tan solo contar que Dios te está dando un día más que mucha gente no podrá porque no amaneció en este día y tú sí. Recuerda que no eres un accidente. Además, recuerda que los errores son enseñanzas y que, gracias a esas caídas, has logrado muchos éxitos. Cada error es una oportunidad que Dios te da para aprender. ¿Sabías que no viniste a este mundo por casualidad? (Mateo 10:29).

Venimos por un propósito, como nos especifica el actor Rick Warren en su libro *Una vida con propósito*. En este mundo vivimos muchas experiencias, entre altas y bajas, unas sencillas, otras nos cuestan enfrentarlas, otras nos duelen en el alma y otras las gozamos. (Hechos 17–26).

Todo esto lo tenemos que pasar como el agua por la arena y las piedras para purificarnos y ser mejores seres vivientes como humanos. Muchas personas reniegan y siempre se quejan de la vida que llevan, pero no reniegues, ámate y pídete perdón a ti mismo por humillarte y abusar de lo bueno y hermoso(a) que Dios te hizo. No olvides que tienes una misión y muchas habilidades, virtudes y talentos, que con ellas puedes hacer feliz a otros y a ti mismo. Son los miedos y tus debilidades que no te permiten darte cuenta lo importante que eres. Hoy te invito a que recuperes tu fuerza y empoderarte, pero eso lo vas a recuperar cuando dejes el miedo y creer en supersticiones y cosas tontas que otra gente te manipule a creer.

Cree en ti mismo, que puedes realizar todo lo que te pongas en mente. Ámate. Sabes, desde que naciste estas experimentando y proyectando cosas que a lo mejor no quieres. Cada uno tenemos una finalidad en esta vida que llevar a cabo, y no estás solo. (Salmo 139).

A lo mejor has perdido algo o a alguien, o estas en un proceso de una enfermedad, o recibiste un duro golpe físico o emocional. No importa cuál sea tu situación en este momento, te invito a que no te rindas. El secreto de una mala experiencia para sanarla es de como la tomes, como la enfrentes o como la vivas, y la resuelvas. Ámate y ama la vida. Ríe más, siéntete orgulloso(a) de ser como eres, porque Dios te hizo hermoso(a) y único. Eres afortunado de estar aquí hoy en este día, porque no todos tienen ese privilegio que tú tienes de respirar. Ámate y no te juzgues. Lo que nos toca vivir en cada experiencia es importante.

Con tu experiencia tú puedes beneficiar a otras personas para salir adelante, civilizarse y que de ti aprendan a mejorar sus vidas. Hoy los seres de la galaxia y los ángeles del cielo celebran lo que eres y te admiran, y tu ni cuenta te das. Fuiste creado(a) por la gracia de Dios, con la intención de hacer algo grande y hermoso en esta tierra. Búscalo. Anímate y salte de ese hoyo.

No te rindas todavía te queda mucho por vivir. Ama, se feliz. Perdona al que te ofendió, perdona porque tal vez el tiempo un día no nos alcance para decir perdón o te amo. Se feliz, cuídate, duerme bien, come bien, convive más con tus familiares y amigos, demuéstrales cuanto los amas. Cuida tu cuerpo, báñalo, límpialo, arréglalo como el rey o reina que eres. No lo tortures con desveladas, malos tratos, ni lo descuides comiendo mal. Ámalo, consiéntelo, ejercítalo, dale premios. Hoy lo estás leyendo en este libro, pero mañana te lo dirán tus hechos de cómo lo trataste. Y quizás ya sea demasiado tarde y no tengas más tiempo de hacerlo. Baila, camina, corre, nada, monta a caballo, viaja lo más frecuente que puedas. Vida solo hay una, has lo que te de felicidad. Ámate.

CASTIGO

Un abusador de violencia doméstica, en casos de lesiones graves, puede pasar 6 a 20 años en prisión. Puede ser mayor si las víctimas son vulnerables, niños o ancianos, si también se usó un arma. Hay penas para todos los actos de violencia. También existe un tipo de terapia para este tipo de agravios, para cuando el abusador termine su condena no siga haciendo ningún tipo de abuso.

TRAUMA

En la violencia domestica los más afectados y traumados son las mujeres y niños; ellos son las principales víctimas que sufren un trauma psicológico. Más del 50 por ciento de mujeres sufren con una enfermedad mental por el abuso sexual o físico. Les quedan grandes secuelas que las afecta al grado de quedar traumadas. Las victimas implican un desequilibrio mental en sus emociones y sentimientos, sufren de problemas de concentración, pérdida de memoria. En niños, bajo aprendizaje en la escuela, distracción y se muestran ausentes o ajenos cuando se les habla, también tienen dificultad para pensar o planificar cualquier cosa. Problemas para comunicarse o para resolver o negociar algo y socializarse con los demás.

Aunque puede haber otros tipos de problemas, es necesario atenderse para no perder su estado emocional e integridad, y se distorsione su personalidad a causa las secuelas que quedaron de un abuso. La visión de una persona con traumas es caer en la distorsión y ser negativo. También frecuentemente dudan de sus capacidades y posibilidades. Se aíslan a pensar algo positivo. Se consideran desamparadas, sin futuro y sin habilidades ni para su propia persona, ni para responsabilizarse de su propia vida. Pierden su capacidad, se hacen miedosos, inseguros, tímidos, desconfiados y le quita su fuerza; llega al punto de no creer ni en sí mismo.

En casos llegan a perder el conocimiento y tienden a pensar que todo lo que hacen o hagan se equivocarán y serán un fracaso. Dudan de sí mismos pensando en que en nada tienen la razón, que lo que piensan es absurdo y que están equivocado(a)s. Llegan a depender de las opiniones de los demás y viven a lo que les digan, se convierten en unos títeres o muñecos que cualquiera manipula. Sienten mucha culpa y por las noches no pueden dormir del miedo, a menudo tienen fuertes pesadillas e incluso caen en depresión, sienten que alguien les habla y no se quieren quedar solos y menos con la luz apagada. Incluso, en casos, miran personas que les dicen que hagan cosas malas o que se hagan daño a si mismo(a)s. De todo se sienten culpables, hasta cosas que ni tengan que ver con ellos. La culpabilidad llega a paralizarlos y ponerlos nerviosos, a punto de no controlar los nervios. Ya invadidos de miedo, nervios e inseguridad, se ciegan, no les permite mirar hacia adelante y avanzar. Se alejan de todo, solo quieren estar encerrad(a)s o dormidos.

La víctima se siente que está totalmente sola y que nadie puede entenderle lo que le sucede. Creen que no puede confiar en nadie y que, por lo tanto, nadie les puede ayudar y nadie las comprenderá. Piensan que sus sentimientos no tienen importancia y por estos traumas suelen a esconder sus sentimientos y emociones. A menudo pueden estar con rabia y mal comportamiento y a veces la rabia es con ellos mismos. Llegan al trastorno psicológico y viven en situaciones muy estresantes. Llegan a atraer enfermedades a la magnitud de llegar a tener que vivir con medicamentos para toda la vida, para calmar el miedo, ansiedad, nervios y rabia, para quitar la posibilidad de llegar a tomar ideas de suicidio, lastimarse o lastimar a alguien más. Personas que no saben cómo controlarse o que nunca se atienden, llegan a volverse locos o se suicidan.

COMO AFECTA LA VIOLENCIA
EN LOS NIÑOS O HIJOS

La violencia afecta más en los menores de edad, ya que su cerebro no alcanza a digerir muchas cosas. Los niños que han vivido donde hay violencia crecen con miedo, atemorizados en todo aspecto y traumados. Crecen con rabia, resentimiento y odios, que les puede afectar cuando sean adultos y si no se atienden puede ser peor y tener una vida desequilibrada, hasta llegar a repetir lo mismo cuando lleguen al matrimonio.

El motivo principal de hacer este libro

Quise hacer este libro y que con mi historia llegue a muchas personas y les pueda ayudar en su vida, si fueron víctimas de cualquier abuso, sexual, verbal, emocional, económico, y afectó mental y emocionalmente en tu desarrollo como ser humano. No exactamente tiene que pasarle a las mujeres, en muchos casos los hombres también que han pasado por estos abusos. Me encantaría y ojalá que el haber leído este libro, te ayude a sanar un poco tu alma de las secuelas que te dejaron cuando viviste algún tipo de abuso, y reconozcas tus valores, que lo que ya viviste no te vuelva a suceder y también ayudes a alguien más para que no le suceda.

Descubre tus fortalezas, talentos, habilidades, capacidades, dones, que tienes como el ser que eres y empodérate y sepas que Dios nos ama y que ante sus ojos valemos oro, y nadie tiene derecho de abusar de tu buen corazón y no te menosprecies si pasaste por algo así.

No te avergüences ni tengas miedo, habla y denuncia al abusador, no permitas que nadie te haga daño y te lastime tu autoestima y te quiten la fuerza, tranquilidad, ánimo y voluntad; que te roben tu poder y seguridad de lo que eres capaz, de desarrollar tus sueños. Uno busca que lo traten con amor y lo ayuden a crecer, no que le corten a uno las alas. Ojalá que al igual que como yo salí de esto rápido, tú también puedas y que mi testimonio te ayude a tomar la decisión de defenderte, no importa ni raza, color, religión, ni tu estatus migratorio al contrario hay programas de ayuda y puedes obtener tu residencia con el programa de la Visa U, si necesitas legalizar tu estatus. Lucha por tus derechos como ser humano, no importa de dónde vengas, ni raza, ni color. "Dios tiene riquezas para ti". (Colosenses 1:27).

Además, también que por medio de este libro si muero (si Andrea fallece) sigo viva por medio de mis palabras que quedaran escritas para siempre, de dejar un mensaje y legado al mundo para los que vivan y aun sin vida con la lectura ayude a otras personas a tener paz y tranquilidad en medio de las tinieblas en diferentes circunstancias de cualquier injusticia, no importa si sea mujer, hombre, niño o anciano.

Donde puedes recibir ayuda

Te pueden apoyar en trabajo, comida y si estas en peligro te pueden
   otorgar vivienda temporal en refugios.
Family Violence program: 1800 87 3223
Austin, Safe Place: 512 267 7233
Amello, Family Support: 800 749 9026
Brownsville, Friendship oh Woman: 956 544 7112
Corpus Christi, Women's Shelters of South Texas: 361 881 8888
Dallas, The Family Place 214 559 2170
Dallas, The Salvation Army: 214 424 7050
Dallas, Genenecis: 214 3897731
El Paso, Centre Aghaynst Family VIOLENCE: 915593 1000
Fort Worth, Safe HAVE: 817 5356462
Galveston, Resource & Crisis Center: 409 765 7233
Garland, New Beginning Center: 972 2760423
Grenville, Women in Need, 903 455 4612
Houston, Women's Center: 723 582 6798
Jacksonville, Crisis Center of Anderson: 903 586 9118
Killeen, Families in Crisis: 254 634 1184
Laredo, Casa de Misericordia: 956 712 9590
Longview, Woman's Center: 903 295 7846
Lufkin, Janelle Grum Family Crisis: 936 639 1681
McAlen, Women's Together Foundation: 956 630 4878
Mt. Pleasant. SAFE-T: 903 572 0973
New Braunfels, Crisis Center: 830 620 4357
Odesa, The Crisis Center: 432 33 2527
Plano, Hopes Door: 422 7233

Richmond, Womens Center: 281 344 5750
San Antonio, Family Violence Prevention: 210 733 8810
Texarcana, Domestic Violence: 903 794 4000
Tyler, East Texas Crisis Center: 903 579 2526
Victoria, Family Services: 361 575 7842
Waco, Family Abuse Center: 254 772 8999
Wichita Falls, First Step: 940 723 7799

Cinco recomendaciones para no caer en la violencia domestica

QUE DIGO ENFRENTE DE UN ABUSADOR:

1. NO PERMITAS QUE NADIE TE MANIPULE Y TE CONTROLE.

2. ALÉJATE DE INMEDIATO CUANDO VEAS SÍNTOMAS DE QUE ESTAS ENFRENTE DE UN ABUSADOR.

3. INVESTIGA Y ASESÓRATE CON LAS PERSONAS ADECUADAS.

4. EN NINGÚN MOMENTO DUDES DE TU FUERZA NI MUESTRES DEBILIDAD A NADIE.

5. NO TENGAS MIEDO A NADA NI A NADIE Y SIEMPRE SE POSITIVO Y MAS CUANDO ESTAS LUCHANDO POR TUS INTERESES, TRANQUILIDAD EMOCIONAL Y POR TU BIENESTAR.

Tres cosas que son fundamentales en un ser humano.

Perdón, Caridad y Humildad.

Agradecimientos

Agradezco a Dios por darme la oportunidad y licencia de hacer mi libro para ayudar a otras personas.

Mi Familia, mis padres, hermanas, cuñados y sobrinas. A mi sobrino Omar Sánchez, por apoyarme y siempre estar ahí en mis caídas, triunfos, tropiezos y alegrías.

Fundación Manos Unidas de María A Flores.

Padre Luis Arrollave, Oficial Natalio Palma, Santiago Gutiérrez, Viviana Méndez, Perla Rodarte, Eulalia de la Cruz (alias Lala), Catalina Cervantes, Patricia De Hoyos, Julián Delgadillo (alias Chatito), mi madre Teodosa De La Cruz Rodare, Dr. Lucas Ortega, por creer en mi cuando todo mundo me dio la espalda, a mi Dios padre que nunca me dejó sola.

Fundación Génesis de Dallas Texas.

Mis Guías y productores:
Alberto Balderas, mi asistente de publicación.
Alex Ureta, mi agente de desarrollo literario.
Page Publishing, Inc., la compañía que se encargó de todo para hacer mi libro.

Palabras de la Autora

¿Cuál fue su inspiración para escribir este libro?

Mi inspiración fue ver a tanta gente abusada en el mundo, calles escuelas, trabajos, hogares, iglesias y que solo el 5 por ciento asisten a terapia o consejería, y por mi experiencia no conformarme y parar ahí si no ayudar a otras personas que todavía no saben cómo salir de los abusos, seguir con esa voz por donde quiera que vaya a hablar y publicar para poner un alto a tanta infamia, pero me dije: «No. Llegaré a muchos corazones solo donde yo me encuentre personalmente». Fue ahí que de hacer algo que deje huella y no solo donde yo valla que mi voz corra por donde quiera y que mejor que un libro que aunque ya había pensado y hecho en otros medios sentía que no era suficiente quería algo más porque sentía que en otros medios solo sería un mensaje en palabras que uno escucha al momento y después se olvidan y en un libro quedaría mi mensaje para siempre además concientizar que el abuso, el maltrato, los malos hábitos no son parte de la vida y tenemos que acostumbrarnos y verlo normal. Eso no es así.

Me da tristeza y me duele darme cuenta de que millones de personas sufren tanta injusticia que por miedo y terror no se atreven a hablar y defenderse. Inspirar a otros a que hablen, tocar corazones por medio de mi experiencia pueda motivarles que no se queden callados. También mi deseo es que cuando muera dejar un mensaje y seguiría viva por medio de la lectura. En años atrás tenía el deseo de escribir un libro, hacer una novela, serie, documental o porque no una película, pero no sabía como empezar ni a quien acudir. Lo vi muy lejos de mis posibilidades. y se me facilito más un libro que era más sencillo y rápido agarrar lápiz y papel que no era caro y tenía al alcance de mis manos que una cámara que costaba muchísimo, ir a televisa, a algún estudio o un programa de televisión era imposible. Siempre escribía cualquier cosa la cual era mi manera de desahogar lo que pensaba, veía y sentía sin tener que platicar con nadie. Desde los 9 años empecé a escribir mucho, haciéndole las cartas a mi prima para su esposo ya que ella no sabía escribir ni leer y de ahí me fue gustando hasta que se convirtió en un hábito y con lo que me paso dije es tiempo de hacer un libro fue como el empuje para tomar acción.

En el 2003 empecé un libro que era especialmente para adolescentes, pero no tenía los medios ni herramientas ni un asesor o coordinador que me orientara como empezar y solo se quedó empezado. Al encontrar esta editorial en el 2018 me comunico con ellos y enseguida tengo respuesta. Yo había empezado a escribir en febrero del 2018 el cual tuve muchas dificultades antes de llegar aquí con esta editorial donde me costaron no solo trabajo ni dinero también lágrimas y grandes sacrificios, por no encontrar la compañía o editorial adecuada.

Finalmente, en junio me recomiendan aquí y me atiende Alex Ureta trabajador y colaborador de todos los clientes de la editorial, me asesoró y me explicó todo lo que la editorial ofrecía lo cual me agradó todo lo que ellos hacían y me dio mucha más confianza claro le hace infinidad de preguntas y al final me pongo de acuerdo con él y empezar a trabajar con ellos ya que otras editoriales solo me sacaron el dinero y no me hicieron nada. El lunes domingo 30 de septiembre del 2018 les mando mi mano escrito totalmente terminado con todo y titulo. Alex dijo: "Nosotros nos comunicamos con usted de una a dos semanas para hacerle saber si nos interesa su manuscrito ya que lo hayamos revisado"; pero cual fue mi sorpresa que en 5 días me contesta.

Fue un viernes 5 de octubre del 2018 con una solemne y atenta carta dándome la bienvenida y felicitándome por mi trabajo, avisándome que aceptaron mi libro el cual hablaría de la violencia doméstica. Este importante tema me convertiría en autora que me abriría las puertas no solo en Texas si no en todo el mundo en dicho libro me convertiría en un autor de mi propia inspiración como otros autores famosos. El cual me estarían promocionando en importantes medios de comunicación y lo encontraría en negocios y empresas como Apple, Google y Amazon" dijo él. En este libro me inspire con una finalidad de poder llegar a muchas almas vulnerables.

¿A qué grupo está dirigido su libro (niños, padres, mujeres, amantes de la historia, fanáticos de la ficción, amantes del deporte, etc.)?

Este libro está dirigido a todo tipo de persona no importa el sexo, pero en especial a mujeres, niños y ancianos.

¿Está trabajando en otro libro secuela / precuela?

Si estoy trabajando en otro libro, será un libro diferente y mucho más fuerte e intenso. Donde tal vez se hable, del respeto, humildad, ética, caridad, secuelas que no están sanadas desde la niñez y siguen en generación tras generación, tener hijos no deseados solo porque está la fábrica y no ser buenos padres, divorcio no solo en matrimonios, matar sin arma, morir estando vivo, estar en un hospital sin tener enfermedad, vivir en una cárcel sin estar preso, tener el cuerpo de ser humano y actuar y vivir como animal. Puntos que no tan fácilmente se tocan; ¿por qué no? uno solo para niños con dibujos animados.

Explique la sensación de ver su libro a la venta por primera vez.

Sentiré una grande emoción, gusto, regocijo, bendición, satisfacción y alegría al ver mi libro a la venta. Sera un orgullo y me sentiré galardonada de haber logrado mi sueño hecho realidad y ver que, si se pudo ya que hubo sufrimiento, dificultades para encontrar una puerta abierta porque tal parecía que todas estaban cerradas para llegar a la meta.

¿Tiene alguna cosa que decirle a sus lectores que se sientan identificados con su historia?

Si, a todos los que hayan vivido cualquier tipo de abuso ya sea físico, emocional, verba, sexual, laboral, corporal o económico, decirles que no están solos, que no tengan miedo a hablar y defenderse, sepan que alguien en el mundo les puede apoyar para que unidos en una sola voz podamos parar al depravado, abusivo y controlador. Ya que un abusador le impide a su víctima ser feliz y disfrutar y valorar de cada amanecer día a día. Cuando vivimos en abuso estamos en tinieblas no vemos lo hermoso que es el mundo, causa a eso mucha gente muere estando vivo. Sepan que en mis oraciones estarán, También me pueden contactar para ayudarles a aliviar su pena, dolor, tristeza y desanimo, darles esperanza y luz en medio del túnel, que siembre un granito de fe, fortaleza, consuelo y paz si así lo desean de corazón.

Facebook: Andrea Flores.
YouTube: Andrea Flores.
Email: andreakeshiz@gmail.com.

CPSIA information can be obtained
at www.ICGtesting.com
Printed in the USA
BVHW071157100521
606942BV00004B/619

9 781662 490446